我虽然从没叹息过,
但叹息却堆在我的心里。

吾辈凡人的诞生，无一例外，
都是被动的，一点主动也没有。

越是看惯了的东西,
便越是习焉不察,美丑都难看出。

如人饮水，冷暖自知，
其中滋味，实不足为外人道也。

孤独到深处

季羡林 著

古吴轩出版社

图书在版编目（CIP）数据

孤独到深处 / 季羡林著. -- 苏州：古吴轩出版社，2020.8
ISBN 978-7-5546-1566-9

Ⅰ. ①孤… Ⅱ. ①季… Ⅲ. ①散文集－中国－当代 Ⅳ. ①I267

中国版本图书馆CIP数据核字(2020)第101006号

责任编辑：周　娇
见习编辑：祝文秀
策　　划：梁珍珍
封面设计：仙　境

书　　名：孤独到深处
著　　者：季羡林
出版发行：古吴轩出版社
　　　　　地址：苏州市十梓街458号　　邮编：215006
　　　　　电话：0512-65233679　　传真：0512-65220750
出 版 人：尹剑峰
经　　销：新华书店
印　　刷：天津旭非印刷有限公司
开　　本：880×1230　1/32
印　　张：7.875
版　　次：2020年8月第1版　第1次印刷
书　　号：ISBN 978-7-5546-1566-9
定　　价：49.00元

如发现印装质量问题，影响阅读，请与印刷厂联系调换。022－22520876

目录

壹 ── 告别慈母,踽踽独行

003 我的童年
014 不安定的小学和中学
039 记北大1930年入学考试
041 那提心吊胆的一年
047 二年生活
052 回到祖国
055 我的处女作
060 我的第一位老师

贰 人间百态,皆是滋味

- 067 神牛
- 070 夜来香开花的时候
- 082 母与子
- 094 老人
- 104 两个乞丐
- 109 两个小孩子
- 115 难忘的一家人
- 121 我的女房东

叁 花开如火,也如寂寞

- 131 寂寞
- 135 回忆
- 140 槐花
- 143 我和东坡词
- 147 加德满都的狗
- 149 幽径悲剧
- 154 乌鸦和鸽子

肆 见识天地,行者无疆

161　表的喜剧
167　大觉寺
177　游小三峡
183　美人松
187　琼楼玉宇,高处不胜寒
193　在敦煌

伍 心装万物,自在独行

215 黄昏
221 清塘荷韵
226 听雨(一)
230 春归燕园
233 晨趣
236 两行写在泥土地上的字

壹 告别慈母,踽踽独行

一个六七岁的孩子离开母亲,他心里会是什么滋味,非有亲身经历者,实难体会。我曾有几次从梦里哭着醒来。尽管此时不但能吃上白面馒头,而且还能吃上肉,但是我宁愿再啃红高粱饼子就苦咸菜。

我的童年

　　回忆起自己的童年来,眼前没有红,没有绿,是一片灰黄。

　　七十多年前的中国,刚刚推翻了清代的统治,神州大地,一片混乱,一片黑暗。我最早的关于政治的回忆,就是"朝廷"二字。当时的乡下人管当皇帝叫坐朝廷,于是"朝廷"二字就成了皇帝的别名。我总以为朝廷这种东西似乎不是人,而是有极大权力的玩意儿。乡下人一提到它,好像都肃然起敬。我当然更是如此。总之,当时皇威犹在,旧习未除,是大清帝国的继续,毫无万象更新之象。

　　我就是在这新旧交替的时刻,于1911年8月6日,生于山东省清平县(现改临清市)的一个小村庄——官庄。当时全中国的经济形势是南方富而山东(也包括北方其他省份)穷。专就山东论,是东部富而西部穷。我们县在山东西部又是最穷的县,我们村在穷县中是最穷的村,而我们家在全村中又是最穷的家。

　　我们家据说并不是一向如此。在我诞生前似乎也曾有过比较好的日子。可是我降生时祖父、祖母都已去世。我父亲的亲兄弟共有三人,最小的一个(大排行是第十一,我们把他叫十一叔)送给了别人,改了姓。我父亲同另外的一个弟弟（九叔）孤苦伶仃，相依为命。房无一间，地无一垄，两个无父无母的孤儿，活下去是什么滋味，活着是多么困难，概可想见。他们的堂伯父是一个举人，是方圆几十里最有学问的人物，做官做到一个什么县的教谕，也算是最大的官。他曾养育过我父亲和叔父，据说待他们很不错。可是家庭大，人多是非多。他们俩有几次饿得到枣林里去捡落到地上的干枣充饥。最后还是被迫弃家（其实已经没了家）出走，兄弟俩逃到济南去谋生。"文化大革命"中我自己"跳出来"反对那一位臭名昭著的"第一张马列主义大字报"的作者，惹得她大发雌威，两次派人到我老家官庄去调查，一心一意要把我"打成"地主。老家的人告诉那几个"革命"小将，说如果开诉苦大会，季羡林是官庄的第一名诉苦者，他连贫农都不够。

我父亲和叔父到了济南以后，人地生疏，拉过洋车，扛过大件，当过警察，卖过苦力。叔父最终站住了脚。于是兄弟俩一商量，让我父亲回老家，叔父一个人留在济南挣钱，寄钱回家，供我的父亲过日子。

我出生以后，家境仍然是异常艰苦。一年吃白面的次数有限，平常只能吃红高粱面饼子；没有钱买盐，把盐碱地上的土扫起来，在锅里煮水，腌咸菜；什么香油，根本见不到。一年到底，就吃这种咸菜。举人的太太，我管她叫奶奶，她很喜欢我。我三四岁的时候，每天一睁眼，抬脚就往村里跑（我们家在村外），跑到奶奶跟前，只见她把手一蜷，蜷到肥大的袖子里面，手再伸出来的时候，就会有半个白面馒头拿在手中，递给我。我吃起来，仿佛是龙胆凤髓一般，我不知道天下还有比白面馒头更好吃的东西。这白面馒头是她的两个儿子（每家有几十亩地）特别孝敬她的。她喜欢我这个孙子，每天总省下半个，留给我吃。在长达几年的时间内，这是我每天最高的享受，最大的愉快。

到了四五岁的时候，对门住的宁大婶和宁大姑，每年夏秋收割庄稼的时候，总带我走出去老远到别人割过的地里去拾麦子或者豆子、谷子。一天辛勤，可以捡到一小篮麦穗或者谷穗。晚上回家，把篮子递给母亲，看样子她是非常欢喜的。有一年夏天，大概我拾的麦子比较多，她把麦粒磨成面粉，贴了一锅死面饼子。我大概是吃出味道来了，吃完了饭以后，我又偷了一块吃，让母亲看到了，赶着我要打。我当时是赤条条浑身一丝不挂，我逃到房后，往水坑里一跳。母亲没有法子下来捉我，我就站在水中把剩下的白面饼子尽情地享受了。

现在写这些事情还有什么意义呢？这些芝麻绿豆般的小事是不折不扣的身边琐事，使我终生受用不尽。它有时候能激励我前进，有时候能鼓舞我振作。我一直到今天对日常生活要求不高，对吃喝从不计较，难道同我小时候的这一些经历没有关系吗？我看到一些独生子女的父母那样溺爱子女，也颇不以为然。儿童是祖国的花朵，花朵当然要爱护，但爱护要得法，否则无异于坑害子女。

不记得是从什么时候起我开始学着认字，大概也总在四岁到六岁之间。我的老师是马景功先生。现在我无论如何也记不起有什么类似私塾之类的场所，也记不起有什么《百家姓》《千字文》之类的书籍。我那一个家徒四壁的家就没有一本书，连带字的什么纸条子也没有见过。反正我总是认了几个字，否则哪里来的老师呢？马景功先生的存在是不能怀疑的。

虽然没有私塾，但是小伙伴是有的。我记得最清楚的有两个：一个叫杨狗，我前几年回家，才知道他的大名，他现在还活着，一字不识；另一个叫哑巴小（意思是哑巴的儿子），我到现在也没有弄清楚他姓甚名谁。我们三个天天在一起玩，浮水、打枣、捉知了、摸虾，不见不散，一天也不间断。后来听说哑巴小当了山大王，练就了一身蹿房越脊的惊人本领，能用手指抓住大庙的橡子，浑身悬空，围绕大殿走一周。有一次被捉住，是十冬腊月，赤身露体，浇上凉水，被捆起来，倒挂一夜，仍然能活着。据说他从来不到官庄来作案，"兔子不吃窝边草"，这是绿林英雄的义气。后来终于被捉杀掉。我每次想到这样一个光着屁股游玩的小伙伴竟成为这样一个"英雄"，就颇有骄傲之意。

我在故乡只待了六年，我能回忆起来的事情还多得很，但是我不想再写下去了。已经到了同我那一个一片灰黄的故乡告别的时候了。

我六岁那年，是在春节前夕，公历可能已经是1917年，

| 壹 | 告别慈母，踽踽独行

我离开父母，离开故乡，是叔父把我接到济南去的。叔父此时大概日子已经可以了，他兄弟俩只有我一个男孩子，想把我培养成人，将来能光大门楣，只有到济南去一条路。这可以说是我一生中最关键的一个转折点，否则我今天仍然会在故乡种地（如果我能活着的话），这当然算是一件好事。但是好事也会有成为坏事的时候。"文化大革命"中间，我曾有几次想到：如果我叔父不把我从故乡接到济南的话，我总能过一个浑浑噩噩但却舒舒服服的日子，哪能被"革命家"打倒在地，身上踏上一千只脚还要永世不得翻身呢？呜呼，世事多变，人生易老，真叫作没有法子！

到了济南以后，过了一段难过的日子。一个六七岁的孩子离开母亲，他心里会是什么滋味，非有亲身经历者，实难体会。我曾有几次从梦里哭着醒来。尽管此时不但能吃上白面馒头，而且还能吃上肉，但是我宁愿再啃红高粱饼子就苦咸菜。这种愿望当然只是一个幻想。我毫无办法，久而久之，也就习以为常了。

叔父望子成龙，对我的教育十分关心。先安排我在一个私塾里学习。老师是一个白胡子老头，面色严峻，令人见而生畏。每天入学，先向孔子牌位行礼，然后才是"赵钱孙李"。大约就在同时，叔父又把我送到一师附小去念书。这个地方在旧城墙里面，街名叫升官街，看上去很堂皇，实际上"官"者"棺"也，整条街都是做棺材的。此时五四运动大概已经起来了。校长是一师校长兼任，他是山东得风气之先的人物，在一个小学生眼里，他是一个大人物，轻易见不到面。想不到在十几年以后，我大学毕业到济南高中去教书的时候，我们俩竟成了同事，他是历史教员。我执弟子礼甚恭，他则再三逊谢。我当时觉得，人生真是变幻莫测啊！

因为校长是维新人物，我们的国文教材就改用了白话。教科书里面有一段课文，叫作《阿拉伯的骆驼》。故事是大家熟知的。但当时对我却是陌生而又新鲜，我读起来感到非常有趣味，简直是爱不释手。然而这篇文章却惹了祸。有一天，叔父翻看我的课本，我只看到他蓦地勃然变色。"骆驼怎么能说人话呢？"他愤愤然了，"这个学校不能念下去了，要转学！"

于是我转了学。转学手续比现在要简单得多，只经过一次口试就行了。而且口试也非常简单，只出了几个字叫我们认。我记得字中间有一个"骡"字。我认出来了，于是定为高一[1]。一个比我大两岁的亲戚没有认出来，于是定为初三。[2] 为了一个字，我占了一年的便宜，这也算是逸事吧。

这个学校靠近南圩子墙，校园很空阔，树木很多，花草茂密，景色算是秀丽的。在用木架子支撑起来的一座柴门上面，悬着一块木匾，上面刻着四个大字："循规蹈矩"。我当时并不懂这四个字的含义，只觉得笔画多得好玩而已。我就

1　高一：高级小学一年级。
2　初三：初级小学三年级。

天天从这个木匾下出出进进,上学,游戏。当时立匾者的用心到了后来我才了解,无非是想让小学生规规矩矩做好孩子而已。但是用了四个古怪的字,小孩子谁也不懂,结果形同虚设,多此一举。

我"循规蹈矩"了没有呢?大概是没有。我们有一个珠算教员,眼睛长得凸了出来,我们给他起了一个绰号,叫作shao qianr(济南话,意思是蝉)。他对待学生特别蛮横。打算盘,错一个数,打一板子。打算盘错上十个八个数,甚至上百数,是很难避免的。我们都挨了不少的板子。不知是谁一嘀咕:"我们架(小学生的行话,意思是赶走)他!"立刻得到大家的同意。我们这一群十岁左右的小孩也要"造反"了。大家商定:他上课时,我们把教桌弄翻,然后一起离开教室,躲在假山背后。我们自己认为这个锦囊妙计实在非常高明,如果成功了,这位教员将无颜见人,非卷铺盖回家不可。然而我们班上出了"叛徒",虽然只有几个人,他们想拍老师的马屁,没有离开教室。这一来,大大长了老师的气焰,他知道自己还有"群众",于是威风大振,把我们这一群不知天高地厚的"叛逆者"狠狠地用大竹板打手心打了一阵,我们每个人的手都肿得像发面馒头。然而没有一个人掉泪。我以后每次想到这一件事,觉得很可以写进我的"优胜纪略"中去。"革命无罪,造反有理",如果当时就有哪一位伟大的"革命家"创造了这两句口号,那该有多么好呀!

谈到学习,我记得在三年之内,我曾考过两个甲等第三

（只有三名甲等），两个乙等第一，总起来看，属于上等，但是并不拔尖。实际上，我当时并不用功，玩的时候多，念书的时候少。我们班上考甲等第一的叫李玉和，年年都是第一。他比我大五六岁，好像已经很成熟了，死记硬背，刻苦努力，天天皱着眉头，不见笑容，也不同我们打闹。我从来就是少无大志，一点也不想争那个状元。但是我对我这一位老学长并无敬意，还有点瞧不起的意思，觉得他是非我族类。

我虽然对正课不感兴趣，但是也有我非常感兴趣的东西，那就是看小说。我叔父是古板人，把小说叫作"闲书"，闲书是不许我看的。在家里的时候，我书桌下面有一个盛白面的大缸，上面盖着一个用高粱秆编成的"盖垫"（济南话）。我坐在桌旁，桌上摆着"四书"，我看的却是《彭公案》《济公传》《西游记》《三国演义》等旧小说。《红楼梦》大概太深，我看不懂其中的奥妙，黛玉整天哭哭啼啼，为我所不喜，因此看不下去。其余的书都是看得津津有味。冷不防叔父走了进来，我就连忙掀起盖垫，把闲书往里一丢，嘴巴里念起"子曰""诗云"来。

到了学校里，用不着防备什么，一放学，就是我的天下。我往往躲到假山背后，或者一个盖房子的工地上，拿出闲书，狼吞虎咽似的大看起来。常常是忘记了时间，忘记了吃饭，有时候到了大黑，才摸回家去。我对小说中的绿林好汉非常熟悉，他们的姓名背得滚瓜烂熟，连他们用的兵器也如数家珍，比教科书熟悉多了，自己当然也希望成为那样的英雄。

有一回，一个小朋友告诉我，把右手五个指头往大米缸里猛戳，一而再，再而三，一直到几百次，上千次。练上一段时间以后，再换上砂粒，用手猛戳，最终可以练成铁砂掌，五指一戳，能够戳断树木。我颇想有一个铁砂掌，信以为真，猛练起来，结果把指头戳破了，鲜血直流。知道自己与铁砂掌无缘，遂停止不练。

学习英文，也是从这个小学开始的。当时对我来说，外语是一种非常神奇的东西。我认为，方块字是天经地义，不用方块字，只弯弯曲曲像蚯蚓爬过的痕迹一样，居然能发出音来，还能有意思，简直是不可思议。越是神秘的东西，便越有吸引力。英文对于我就有极大的吸引力。我万没有想到望之如海市蜃楼般的可望而不可即的东西竟然唾手可得了。我现在已经记不清楚，学习的机会是怎么来的。大概是有一位教员会一点英文，他答应晚上教一点，可能还要收点学费。总之，一个业余英文学习班很快就组成了，参加的有十几个孩子。究竟学了多久，我已经记不清楚，时候好像不太长，学的东西也不太多，二十六个字母以后，学了一些单词。我当时有一个非常伤脑筋的问题：为什么"是"和"有"算是动词，它们一点也不动嘛。当时老师答不上来，到了中学，英文老师也答不上来。当年用"动词"来译英文的 verb 的人，大概不会想到他这个译名惹下的祸根吧。

每次回忆学习英文的情景时，我眼前总有一团凌乱的花影，是绛紫色的芍药花。原来在校长办公室前的院子里有几个花畦，春天一到，芍药盛开，都是绛紫色的花朵。白天走过那里，紫花绿叶，极为分明。到了晚上，英文课结束后，再走过那个院子，紫花与绿叶化成一个颜色，朦朦胧胧的一堆一团，因为有白天的印象，所以还知道它们的颜色。但夜晚眼前却只能看到花影，鼻子似乎有点花香而已。这一幅情景伴随了我一生，只要是一想起学习英文，这一幅美妙无比的情景就浮现到眼前来，带给我无量的幸福与快乐。

然而时光像流水一般飞逝，转瞬三年已过，我小学该毕业了，我要告别这一个美丽的校园了。我十三岁那一年，考上了城里的正谊中学。我本来是想考鼎鼎大名的第一中学的，但是我左衡量，右衡量，总觉得自己这一块料分量不够，还是考与"烂育英"齐名的"破正谊"吧。我上面说到我幼无大志，这又是一个证明。正谊虽"破"，风景却美。背靠大明湖，万顷苇绿，十里荷香，不啻人间乐园。然而到了这里，我算是已经越过了童年，不管正谊的学习生活多么美妙，我也只好搁笔，且听下回分解了。

综观我的童年，从一片灰黄开始，到了正谊算是到达了一片浓绿的境界——我进步了。但这只是从表面上来看，从生活的内容上来看，依然是一片灰黄。即使到了济南，我的生活也难找出什么有声有色的东西。我从来没有什么玩具，自己把细铁条弄成一个圈，再弄个钩一推，就能跑起来，自己就非常高兴了。贫困、单调、死板、固执，是我当时生活的写照。接受外面信息，仅凭五官。什么电视机、收录机，连影都没有。我小时连电影也没有看过,其余概可想见了。

今天的儿童有福了。他们有多少花样翻新的玩具呀!他们有多少儿童乐园、儿童活动中心呀!他们饿了吃面包,渴了喝这可乐、那可乐,还有牛奶、冰激凌;电影看厌了,看电视;广播听厌了,听收录机。信息从天空、海外,越过高山大川,纷纷蜂拥而来,他们才真是"儿童不出门,便知天下事"。可是他们偏偏不知道旧社会。就拿我来说,如果不认真回忆,我对旧社会的情景也逐渐淡漠,有时竟淡如云烟了。

今天我把自己的童年尽可能真实地描绘出来,不管还多么不全面,不管怎样挂一漏万,也不管我的笔墨多么拙笨,就是上面写出来的那些,我们今天的儿童读了,不是也可以从中得到一点启发,从中悟出一些有用的东西来吗?

1986 年 6 月 6 日

不安定的小学和中学[1]

回忆一师附小

"一师附小"的全名应该是山东省立第一师范附属小学。

我于1917年阴历年时分从老家山东清平（现划归临清市）到了济南，投靠叔父。大概就在这一年，念了几个月的私塾，地点在曹家巷。第二年，就上了一师附小。地点在南城门内升官街西头。所谓"升官街"，与升官发财毫无关系。"官"是"棺"的同音字，这一条街上棺材铺林立，大家忌讳这个"棺"字，所以改谓升官街，礼也。

附小好像是没有校长，由一师校长兼任。当时的一师校长是王士栋，字祝晨，绰号"王大牛"。他是山东教育界的著名人物。民国一创建，他就是活跃的积极分子，担任过教育界的什么高官，同鞠思敏先生等同为山东教育界的元老，在学界享有盛誉。当时，一师和一中并称，都是山东省立重要的学校，因此，一师校长也是一个重要的职位。在一个七八岁的小学生眼中，校长宛如在九天之上，可望而不可即，可

---

[1] 本篇文章名为编者所加，内容选自《回忆一师附小》《回忆新育小学》《我的中学时代》。为方便读者阅读，部分内容做了删减，只保留学习和生活部分的相关文字。

| 壹 | 告别慈母，踽踽独行

是命运真正会捉弄人，在十六年以后，在1934年，我在清华大学毕业后到山东省立济南高中来教书，王祝晨老师也在这里教历史，我们成了平起平坐的同事。在王老师方面，在一师附小时，他根本不会知道我这样一个小学生，他对此事，决不会有什么感触。而在我呢，情况却迥然不同，一方面我对他执弟子礼甚恭，一方面又是同事，心里直乐。

我大概在一师附小只待了一年多，不到两年，因为在我的记忆中换过一次教室，足见我在那里升过一次级。至于教学的情况，老师的情况，则一概记不起来了。唯一的残留在记忆中的一件小事，就是认识了一个"盔"字，也并不是在国文课堂上，而是在手工课堂上。老师教我们用纸折叠东西，其中有一个头盔，知道我们不会写这个字，所以用粉笔写在黑板上。这事情发生在一间大而长的教室中，室中光线不好，有点暗淡，学生人数不少。教员写完了这个字以后，回头看学生，戴着近视眼镜的脸上，有一丝笑容。

我在记忆里深挖，再深挖，实在挖不出多少东西来。学校的整个建筑，一团模糊。教室的情况，如云似雾。教师的名字，一个也记不住。学习的情况，如海上三山，糊里糊涂。总之是一点具体的影像也没有。我只记得，李长之是我的同班。因为他后来成了名人，所以才记得清楚，当时对他的印象也是模糊不清的。最奇怪的是，我记得了一个叫卞蕴珩的同学。他大概是长得非常漂亮，行动也极潇洒。对于一个七八岁的孩子来说，男女外表的美丑，他们是不关心的。

可不知为什么，我竟记住了卞蕴珩，只是这个名字我就觉得美妙无比。此人后来再没有见过。对我来说，他成为一条神龙。

此外，关于我自己，还能回忆起几件小事。首先，我做过一次生意。我住在南关佛山街，走到西头，过马路就是正觉寺街。街东头有一个地方，叫新桥。这里有一处炒卖五香花生米的小铺子。铺子虽小，名气却极大。这里的五香花生米（济南俗称长果仁）又咸又香，远近驰名。我经常到这里来买。我上一师附小，一出佛山街就是新桥，可以称为顺路。有一天，不知为什么，我忽发奇想，用自己从早点费中积攒起来的一些小制钱（中间有四方孔的铜币）买了半斤五香长果仁，再用纸分包成若干包，带到学校里向小同学兜售，他们都震于新桥花生米的大名，纷纷抢购，结果我赚了一些小制钱，尝到做买卖的甜头，偷偷向我家的阿姨王妈报告。这样大概做了几次。我可真没有想到，自己在七八岁时竟显露出来了做生意的"天才"。可惜我以后"误"入"歧途"，"天才"没有得到发展。否则，如果我投笔从贾，说不定我早已成为一个大款，挥金如土，不像现在这样柴、米、油、盐、酱、醋、茶都要斤斤计算了。我是一个被埋没了的"天才"。

还有一件小事，就是滚铁圈。我一闭眼，仿佛就能看到一个八岁的孩子，用一根前面弯成钩的铁条，推着一个铁圈，在升官街上从东向西飞跑，耳中仿佛还能听到铁圈在青石板路上滚动的声音。这就是我自己。有一阵子,我迷上了滚铁圈这种活动。在南门内外的大街上没法推滚,因为车马行人,喧闹拥挤。一转入升官街,车少人稀,英雄就大有用武之地了。我用不着拐弯,一气就推到附小的大门。

然而,世事多变,风云突起。为了一件没有法子说是大是小的、说起来简直是滑稽的事儿,我离开了一师附小,转了学。原来,当时已是五四运动风起云涌的时候,而一师校长王祝晨是新派人物,立即起来响应,改文言为白话。忘记了是哪个书局出版的国文教科书中选了一篇名传世界的童话《阿拉伯的骆驼》,内容讲的是在沙漠大风暴中,主人躲进自己搭起来的帐篷,而把骆驼留在帐外。骆驼忍受不住风沙之苦,哀告主人说:"只让我把头放在帐篷里行不行?"主人答应了。过了一会儿,骆驼又哀告说:"让我把前身放进去行不行?"主人又答应了。又过了一会儿,骆驼又哀告说:"让我全身都进去行不行?"主人答应后,自己却被骆驼挤出了帐篷。童话的意义是非常清楚的。但是天有不测风云,这篇课文竟让叔父看到了。他大为惊诧,高声说:"骆驼怎么能说话呢?荒唐!荒唐!转学!转学!"

于是我立即转了学。从此一师附小只留在我的记忆中了。

回忆新育小学

我从一师附小转学出来,转到了新育小学,时间是在1920年,我九岁。我同一位长我两岁的亲戚同来报名。面试时我认识了一个"骡"字,定为高小一班。我的亲戚不认识,便定为初小三班,少我一年。一字之差,我争取了一年。

在我的小学和中学中,新育小学不能说是一所关键的学校。可是不知为什么,我对新育三年记忆得特别清楚。一闭眼,一幅完整的新育图景就展现在我的眼前。仿佛是昨天才离开那里似的,校舍和人物,以及我的学习和生活,巨细不遗,均深刻地印在我的记忆中。更奇怪的是,我上新育与一师附小紧密相连,时间不过是几天的工夫,而后者则模糊成一团,几乎是什么也记不起来。其原因到现在我也无法解释。

新育三年,斑斓多彩,它牵涉到我自己、我的家庭、当时的社会情况,内容异常丰富,只能再细分成小题目,加以叙述。

学习的一般情况

总之,一句话,我是不喜欢念正课的。对所有的正课,我都采取对付的办法。上课时,不是玩小动作,就是不专心致志地听老师讲,脑袋里不知道在想些什么,常常走神儿,斜眼看到教室窗外四时景色的变化,春天繁花似锦,夏天绿柳成荫,秋天风卷落叶,冬天白雪皑皑。旧日有一首诗:"春

壹　告别慈母，踽踽独行

天不是读书天，夏日迟迟正好眠，秋有蚊虫冬有雪，收拾书包好过年。"可以为我写照。当时写作文都用文言，语言障碍当然是有的。最困难的是不知道怎样起头。老师出的作文题写在黑板上，我立即在作文簿上写上"人生于世"四个字，下面就穷了词儿，仿佛永远要"生"下去似的。以后憋好久，才能憋出一篇文章。万没有想到，以后自己竟一辈子舞笔弄墨。逐渐体会到，写文章是要讲究结构的，而开头与结尾最难，这现象在古代大作家笔下经常可见。然而，到了今天，知道这种情况的人似乎已不多了。也许有人竟以为这是怪论，是迂腐之谈，我真欲无言了。有一次作文，我不知从什么书里抄了一段话："空气受热而上升，他处空气来补其缺，遂流动而成风。"句子通顺，受到了老师的赞扬。可我一想起来，心里就不是滋味，愧悔有加。在今天，这也可能算是文坛的腐败现象吧。可我只是个十岁的孩子，不知道什么叫文坛，我一不图名，二不图利，完全为了好玩儿。但自己也知道，这样做是不对的，所以才悔愧，从那以后，一生中再没有剽窃过别人的文字。

　　小学也是每学期考试一次，每年两次，三年共有六次，我的名次总盘旋在甲等第三四名和乙等前几名之间。甲等第一名被一个叫李玉和的同学包办，他比我大几岁，是一个拼命读书的学生。我从来也没有争第一名的念头，我对此事极不感兴趣。根据我后来的经验，小学考试的名次对一个学生一生的生命历程没有多少影响。家庭出身和机遇影响更大。

我从前看过一幅丰子恺的漫画，标题是"小学的同学"，画着一副卖吃食的担子，旁边站着两个人，颇能引人深思。但是，我个人有一次经历，比丰老画得深刻多了。有一天晚上，我在济南院前大街雇洋车回佛山街，在黑暗中没有看清车夫是什么人。到了佛山街下车付钱的时候，蓦抬头，看到是我新育小学的同班同学！我又惊讶又尴尬，一时说不出话来。我如果是漫画家，画上一幅画，一辆人力车，两个人，一人掏钱，一人接钱，相信会比丰老的画更能令人深思。

学英文

我曾说到李老师辅导我们学英文字母的事情。英文补习班似乎真有过，但具体的情况则完全回忆不起来了。时间大概是在晚上。我的记忆中有很清晰的一幕：在春天的晚间，上过课以后，在校长办公室高房子前面的两座花坛中间，我同几个小伙伴在说笑，花坛里的芍药或牡丹的大花朵和大叶子，在暗淡的灯光中，分不清红色和绿色，但是鼻子中似乎能嗅到香味。芍药和牡丹都不以香名。唐人诗"国色朝酣酒，天香夜染衣"，其中用"天香"二字，似指花香。不管怎样，当时，在料峭的春夜中，眼前是迷离的花影，鼻子里是淡淡的清香，脑袋里是刚才学过的英文单词，此身如遗世独立。这一幅画面以后常在我眼前展现，至今不绝。我大概确实学了不少的英文单词，毕业后报考正谊中学时，不意他们竟考英文，内容是翻译几句话："我新得了一本书，已经读了几页;不过有些字我不认识。"我大概是翻出来了,所以才考了一个一年半级。

国文竞赛

有一年,在秋天,学校组织全校学生游开元寺。

开元寺是济南名胜之一,坐落在千佛山东群山环抱之中。这是我经常来玩的地方。寺上面的大佛头尤其著名,是把一面巨大的山崖雕凿成了一个佛头,其规模虽然比不上四川的乐山大佛,但是在全国的石雕大佛中也是颇有一点名气的。从开元寺上面的山坡上往上爬,路并不崎岖,爬起来比较容易。爬上一刻钟到半小时就到了佛头下。据说佛头的一个耳朵眼里能够摆一桌酒席。我没有试验过,反正其大可想见了。从大佛头再往上爬,山路当然更加崎岖,山石当然更加亮滑,爬起来颇为吃力。我曾爬上来过多次,颇有驾轻就熟之感,感觉不到多么吃力,爬到山顶上,有一座用石块垒起来的塔似的东西。从济南城里看过去,好像是一个橛子,所以这一座山就得名橛山。同泰山比起来,橛山不过是小巫见大巫;但在济南南部群山中,橛山却是鸡群之鹤。登上山顶,望千佛山顶如在肘下,大有"一览众山小"之慨了。可惜的是,这里一棵树都没有,不但没有松柏,连槐柳也没有,只有荒草遍山,看上去有点童山濯濯了。

从橛山山顶,经过大佛头,走了下来,地势渐低,树木渐多,走到一个山坳里,就是开元寺。这里松柏参天,柳槐成行，一片浓绿，间以红墙，仿佛在沙漠里走进了一片绿洲。虽然大庙那样的琳宫梵宇、崇阁高塔在这里找不到，但是也颇有几处佛殿，佛像庄严。院子里有一座亭子，名叫静虚亭。最难得最引人注目的是一泓泉水，在东面石壁的一个不深的圆洞中。水不是从下面向上涌，而是从上面石缝里向下滴，积之既久，遂成清池，名之曰秋棠池，洞中水池的东面岸上长着一片青苔，栽着数株秋海棠。泉水是上面群山中积存下来的雨水，汇聚在池上，一滴一滴地往下滴。泉水甘甜冷洌，冬不结冰。庙里住持的僧人和络绎不绝的游人，都从泉中取水喝。用此水煮开泡茶，也是茶香水甜，不亚于全国任何名泉。有许多游人是专门为此泉而来开元寺的。我个人很喜欢开元寺这个地方，过去曾多次来过。这一次随全校来游，兴致仍然极高，虽归而兴未尽。

回校后，学校出了一个作文题目《游开元寺记》，举行全校作文比赛，把最好的文章张贴在教室西头走廊的墙壁上。前三名都为我提到过的从曹州府来的三位姓李的同学所得。第一名作文后面老师的评语是"颇有欧苏真气"。我也榜上有名，但却在八九名之后了。

偷看小说

那时候，在我们家，小说被称为"闲书"，是绝对禁止看的。但是，我和秋妹都酷爱看"闲书"，高级的"闲书"，像《红楼梦》《西游记》之类，我们看不懂，也得不到，所以不看。我们专看低级的"闲书",如《彭公案》《施公案》《济公传》《七侠五义》《小五义》《东周列国志》《说唐》《封神榜》等等。我们都是小学水平,秋妹更差,只有初小水平,我们认识的字都有限。当时没有什么词典,有一部《康熙字典》,我们也不会也不肯去查。经常念别字,比如把"飞檐走壁"念成了"飞dàn走壁",把"气往上冲"念成了"气住上冲"。反正,即使有些字不认识,内容还是能看懂的。我们经常开玩笑说:"你是用笤帚扫,还是用扫帚扫?"不认识的字少了,就是笤帚,多了就用扫帚。尽管如此,我们看闲书的瘾头自然极大。那时候,我们家没有电灯,晚上,把煤油灯吹灭后,躺在被窝里,用手电筒来看。那些闲书都是油光纸石印的,字极小,有时候还不清楚。看了几年,我居然没有变成近视眼,实在也出我意料。

我不但在家里偷看,还把书带到学校里去,偷空就看上一段。校门外左手空地上,正在施工盖房子。运来了很多红砖,摞在那里,不是一摞,而是很多摞,中间有空隙,坐在那里,外面谁也看不见。我就搬几块砖下来,坐在上面,在下课之后,且不回家,掏出闲书,大看特看。书中侠客们的飞檐走壁,刀光剑影,仿佛就在我眼前晃动,我似乎也参与其间,乐不可支。到脑筋清醒了一点,回家已经过了吃饭的时间,常常挨数落。

这样的闲书,我看得数量极大,种类极多。光是一部《彭公案》,我就看了四十几遍。越说越荒唐,越说越神奇,到了后来，书中的侠客个个赛过《西游记》的孙猴子。但这有什么害处呢？我认为没有。除了我一度想练铁砂掌以外，并没有持刀杀人，劫富济贫，做出一些荒唐的事情，危害社会。不但没有害处，我还认为有好处。记得鲁迅先生在答复别人问他怎样才能写通写好文章的时候说过，要多读多看，千万不要相信《文章作法》一类的书籍。我认为，这是至理名言。现在，对小学生，在课外阅读方面，同在别的方面一样，管得过多，管得过严，管得过死，这不一定就是正确的方法。"无为而治"，我并不完全赞成，但"为"得太多，我是不敢苟同的。

我的性格

我一生自认为是一个性格内向的人，一个上不得台盘的人。每次参加大会，在大庭广众中，浑身觉得不自在，总想找一个旮旯儿藏在那里，少与人打交道。"今天天气，哈，哈，哈"一类的话，我不愿意说，说出来也不地道。每每看到一些男女交际花，在人群中走来走去，如鱼得水，左边点头，右边哈腰，脸上作微笑状，纵横捭阖，得意扬扬，顾盼自雄，我真是羡慕得要死，可我做不到。我现在之所以被人看作社会活动家，甚至国际活动家，完全是环境造成的。是时势造"英雄"，我是一只被赶上了架的鸭子。

可是现在回想起来，我在新育小学时期，性格好像不是这个样子，一点也不内向，而是外向得很。

|壹| 告别慈母，踽踽独行

我无论如何也不能算是一个内向的孩子。怎么会一下子转成内向了呢？这问题我从来没有想到过。现在忽然想起来了，也就顺便给它一个解答。我认为，《三字经》中有两句话："性相近，习相远。""习"是能改造"性"的。我六岁离开母亲，童心的发展在无形中受到了阻碍。我能躺在一个非母亲的人的怀抱中打滚撒娇吗？这是不能够想象的。我不能说，叔婶虐待我，那样说是谎言；但是在日常生活中小小的歧视，却是可以感觉得到的，比如说，做衣服，有时就不给我做。在平常琐末的小事中，偏心自己的亲生女儿，这也是人之常情，不足为怪。一个七八岁的孩子对于这些事情并不敏感。但是，积之既久，在自己潜意识中难免留下些印记，从而影响到自己的行动。我清晰地记得，向婶母张口要早点钱，在我竟成了难题。有一个夏天的晚上，我们都在院子里铺上席，躺在上面纳凉。我想到要早点钱，但不敢张口，几次欲言又止，最后时间已接近深夜，才鼓起了最大的勇气，说要几个小制钱。钱拿到手，心中狂喜，立即躺下，进入黑甜梦乡，睡了一整夜。对一件事来说，这样的心理状态是影响不大的，但是时间一长，性格就会受到影响。我觉得，这个解释是合情合理的。

我在这里必须补充几句。我为什么能够从乡下到济南来呢？原因极为简单。我的上一辈大排行兄弟十一位，行一的大大爷和行二的二大爷是亲兄弟，是举人的儿子。我父亲行七，叔父行九，还有一个十一叔，是一母一父所生。最后一个因为穷,而且父母双亡,送给了别人,改姓刁。其余的行三四五六八十的都因穷下了关东,以后失去了联系,不知下落。留下的五个兄弟,大大爷有一个儿子,早早死去。我生下来时,全族男孩就我一个,成了稀有金属,传宗接代的大任全压在我一个人身上。在我出生前很多年,父亲和九叔不到二十岁的时候,失怙失恃,无衣无食,兄弟俩被迫到济南去闯荡,经过了千辛万苦,九叔立定了脚跟。我生下来六岁时,把我接到济南。如果当时他有一个男孩的话,我是到不了济南的。如果我到不了济南,也不会有今天的我。我大概会终生成为一个介乎贫雇农之间的文盲,也许早已不在人世,墓木久拱了。所以我毕生感谢九叔。上面说到的那一些家庭待遇,并没有逾越人情的常轨,我并不怀恨在心。不过,既然说到我的小学和我的性格,不得不说说而已。

想念母亲

我六岁离开了母亲,初到济南时曾痛哭过一夜。上新育小学时是九岁至十二岁,中间曾因大奶奶病故,回过家一次,是在哪一年,却记不起来了。常言道:"孩儿见娘,无事哭三场。"我见到了日夜思念的母亲,并没有哭;但是,我却看到母亲眼里溢满了泪水。

那时候,我虽然年纪尚小,但依稀看到了家里日子的艰难。根据叔父的诗集,民国元年,他被迫下了关东,用身上仅有的一块大洋买了十分之一张湖北水灾奖券,居然中了头奖。虽然只拿到了十分之一的奖金,但数目已极可观。他写道,一夜做梦,梦到举人伯父教他作诗,有两句诗,醒来还记得:"阴阳往复竟无穷,否极泰来造化工。"后来中了奖,以为是先人呵护。他用这些钱在故乡买了地,盖了房,很阔过一阵。我父亲游手好闲,农活干不了很多,又喜欢结交朋友,结果拆了房子,卖了地,一个好好的家,让他挥霍殆尽,又穷得只剩半亩地,依旧靠济南的叔父接济;我在新育小学时,常见到他到济南来,住上几天拿着钱又回老家了。有一次,他又来了,住在北屋里,同我一张床。住在西房里的婶母高声大叫,指桑骂槐,数落了一通。这种做法,旧社会的妇女是常常使用的。我父亲当然懂得的,于是辞别回家,以后几乎没见他再来过。失掉了叔父的接济,他在乡下同母亲怎样过日子,我一点都不知道,尽管不知道,我仍然想念母亲。可是,我"身无彩凤双飞翼",我飞不回乡下,想念只是白白地想念了。

我对新育小学的回忆,就到此为止了。我写得冗长而又拉杂。这对今天的青少年们,也许还会有点好处,他们可以通过我的回忆了解一下七十年前的旧社会,从侧面了解一下中国近现代史;对我自己来说,在写作的过程中,我仿佛又回到了七十多年前,又变成了一个小孩子,重新度过那可爱而实际上又并不怎么可爱的三年。

初中时期

我幼无大志,自谓不过是一只燕雀,不敢怀"鸿鹄之志"。小学毕业时是 1923 年,我十二岁。当时山东省立第一中学赫赫有名,为众人所艳羡追逐的地方,我连报名的勇气都没有,只敢报考正谊中学,这所学校绰号不佳,"破正谊",与"烂育英"相映成双。

可这个"破"学校入学考试居然敢考英文,我"瞎猫碰上了死耗子",居然把英文考卷答得颇好,因此,我被录取为不是一年级新生,而是一年半级,只需念两年半初中即可毕业。

破正谊确实有点"破",首先是教员水平不高。有一个教生物的教员把"玫瑰"读为 jiu kuai,可见一斑。但也并非全破。校长鞠思敏先生是山东教育界的老前辈,人品道德,有口皆碑;民族气节,远近传扬。他生活极为俭朴,布衣粗食,不改其乐。他立下了一条规定:每周一早晨上课前,召集全校学生,集合在操场上,听他讲话。他讲的都是为人处世、爱国爱乡的大道理,从不间断。我认为,在潜移默化中对学生会有良好的影响。

教员也不全是 jiu kuai 先生,其中也间有饱学之士。有一个姓杜的国文教员,年纪相当老了。由于肚子特大,同学们送他一个绰号"杜大肚子",名字反隐而不彰了。他很有学问,对古文,甚至"选学"都有很深的造诣。我曾胆大妄为,写过一篇类似骈体文的作文。他用端正的蝇头小楷,把作文改了一遍,给的批语是:"欲作花样文章,非多记古典不可。"可怜我当时只有十三四岁,读书不多,腹笥瘠薄,哪里记得多少古典!

另外有一位英文教员,名叫郑又桥,是江浙一带的人,英文水平极高。

他改学生的英文作文,往往不是根据学生的文章修改,而是自己另写一篇。这情况只出现在英文水平高的学生作文簿中。他的用意大概是想给他们以简练揣摩的机会,以提高他们的水平,用心亦良苦矣。英文读本水平不低,大半是《天方夜谭》《莎氏乐府本事》《泰西五十轶事》《纳氏文法》等等。

我从小学到初中,不是一个勤奋用功的学生,考试从来没有得过甲等第一名,大概都是在甲等第三四名或乙等第一二名之间。我也根本没有独占鳌头的欲望。到了正谊以后,此地的环境更给我提供了最佳游乐的场所。校址在大明湖南岸,校内清溪流贯,绿杨垂荫。校后就是"四面荷花三面柳,一城山色半城湖"的"湖"。岸边荷塘星罗棋布,芦苇青翠茂密,水中多鱼虾、青蛙,正是我戏乐的天堂。我家住南城,中午不回家吃饭,家里穷,每天只给铜圆数枚,作午餐费。我以一个铜板买锅饼一块,一个铜板买一碗炸丸子或豆腐脑,站在担旁,仓猝食之,然后飞奔到校后湖滨去钓虾,钓青蛙。虾是齐白石笔下的那一种,有两个长夹,但虾是水族的蠢材,我只需用苇秆挑逗,虾就张开一只夹,把苇秆夹住,任升提出水面,决不放松。钓青蛙也极容易,只需把做衣服用的针敲弯,抓一只苍蝇,穿在上面,向着蹲坐在荷叶上的青蛙,来回抖动,青蛙食性一起,跳起来猛吞针上的苍蝇,立即被我生擒活捉。我沉湎于这种游戏,其乐融融。至于考个甲等、乙等,则于我如浮云,"管他娘"了。

但是,叔父对我的要求却是很严格的。正谊有一位教高年级国文的教员,叫徐(或"许")什么斋,对古文很有造诣。他在课余办了一个讲习班,专讲《左传》《战国策》《史记》一类的古籍,每月收几块钱的学费,学习时间是在下午4点下课以后。叔父要我也报了名。每天正课完毕以后,再上一两个小时的课,学习上面说的那一些古代典籍。现在已经记不清楚,究竟学习了多长的时间,好像时间不是太长。有多少收获,也说不清楚了。

当时,济南有一位颇有名气的冯鹏展先生,老家广东,流寓北方。英文水平很高,白天在几个中学里教英文,晚上在自己创办的尚实英文学社授课。他住在按察司街南口一座两进院的大房子里,学社就设在前院几间屋子里,另外还请了两位教员,一位是陈鹤巢先生,一位是纽威如先生,白天都有工作,晚上7—9时来学社上课。当时正流行 diagram(图解)式的英文教学法,我们学习英文也使用这种方法,觉得颇为新鲜。学社每月收学费大洋三元,学生有几十人之多。我大概在这里学习了两三年,收获相信是有的。

就这样，虽然我自己在学习上并不勤奋，然而，为环境所迫，反正是够忙的。每天从正谊回到家中，匆匆吃过晚饭，又赶回城里学英文。当时只有十三四岁，精力旺盛到超过需要。在一天奔波之余，每天晚9点下课后，还不赶紧回家，而是在灯火通明的十里长街上，看看商店的橱窗，慢腾腾地走回家。虽然囊中无钱，看了琳琅满目的商品，也能过一过眼瘾，饱一饱眼福。

叔父显然认为，这样对我的学习压力还不够大，必须再加点码。他亲自为我选了一些篇古文，讲宋明理学的居多，亲手用毛笔正楷抄成一本书，名之曰《课侄选文》，有空闲时，亲口给我讲授，他坐，我站，一站就是一两个小时。要说我真感兴趣，那是谎话。这些文章对我来说，远远比不上叔父称之为"闲书"的那一批《彭公案》《济公传》等等有趣。我往往躲在被窝里用手电筒来偷看这些书。

我在正谊中学读了两年半书就毕业了。在这一段时间内，我懵懵懂懂，模模糊糊，在明白与不明白之间；主观上并不勤奋，客观上又非勤奋不可；从来不想争上游，实际上却从未沦为下游。最后离开了我的大虾和青蛙，我毕业了。

我告别了我青少年时期的一个颇为值得怀念的阶段，更上一层楼，走上了人生的一个新阶段。当年我十五岁，时间是1926年。

高中时代

初中读了两年半,毕业正在春季。没有办法,我只能就近读正谊高中。年级变了,上课的地址没有变,仍然在山(假山也)奇水秀的大明湖畔。

这一年夏天,山东大学附设高级中学成立了。山东大学是山东省的最高学府,校长是有名的前清状元、山东教育厅长王寿彭,以书法名全省。因为状元是"稀有品种",所以他颇受到一般人的崇敬。

附设高中一建立,因为这是一块金招牌,立即名扬齐鲁。我此时似乎也有了一点雄心壮志,不再像以前那样畏畏缩缩,经过了一番考虑,立即决定舍正谊而取山大高中。

山大高中是文理科分校的,文科校址选在北园白鹤庄。此地遍布荷塘,春夏之时,风光秀丽旖旎,绿柳迎地,红荷映天,山影迷离,湖光潋滟,蛙鸣塘内,蝉噪树巅。我的叔父曾有一首诗,赞美北园:"杨花落尽菜花香,嫩柳扶疏傍寒塘。蛙鼓声声向人语,此间即是避秦乡。"可见他对北园的感受。我在这里还验证了一件小而有趣的事。有人说,离开此处有几十里的千佛山,倒影能在湖中看到。有人说这是海外奇谈。可是我亲眼在校南的荷塘水面上清晰地看到佛山的倒影,足证此言不虚。

这所新高中在大名之下,是名副其实的。首先是教员队伍可以说是极一时之选,所有的老师几乎都是山东中学界赫赫有名的人物。国文教员王崑玉先生家学渊源，学有素养，文宗桐城派，著有文集，后为青岛大学教师。英文教员是北大毕业的刘老师，英文很好，是一中的教员。教数学的是王老师，也是一中的名教员。教史地的是祁蕴璞先生，一中教员，好学不倦，经常从日本购买新书，像他那样熟悉世界学术情况的人，恐怕他是唯一的一个。教伦理学的是上面提到的正谊的校长鞠思敏先生。教逻辑的是一中校长完颜祥卿先生。此外还有两位教经学的老师，一位是前清翰林或进士，由于年迈，有孙子伴住，姓名都记不清了。另一位姓名也记不清，因为他忠于清代，开口就说："我们大清国如何如何。"所以学生就管他叫"大清国"。两位老师教《诗经》《书经》等书，上课从来不带任何书，"四书""五经"，本文加注，都背得滚瓜烂熟。

  中小学生都爱给老师起绰号，并没有什么恶意，此事恐怕古今皆然，南北不异。上面提到的"大清国"，只是其中之一。我们有一位"监学"，可能相当于后来的训育主任，他经常住在学校，权力似乎极大，但人缘却并不佳。因为他秃头无发，学生们背后叫他"刘秃蛋"。那位姓刘的英文教员，学生还是很喜欢他的，只因他人长得过于矮小，学生们送给他了一个非常刺耳的绰号，叫做"X豆"，X代表一个我无法写出的字。

  建校第一年，招了五班学生，三年级一个班，二年级一个班，一年级三个班，总共不到二百人。因为学校离城太远，学生全部住校。伙食由学生自己招商操办，负责人选举产生。因为要同奸商斗争，负责人的精明能干就成了重要的条件。奸商有时候夜里偷肉，负责人必须夜里巡逻，辛苦可知。遇到这样的负责人，伙食质量立即显著提高，他就能得全体同学的拥护，从而连续当选，学习必然会受到影响。

学校风气是比较好的，学生质量是比较高的，学生学习是努力的。因为只有男生，不收女生，因此免掉很多麻烦，没有什么"绯闻"一类的流言。"刘秃蛋"人望不高，虽然不学，但却有术，统治学生，胡萝卜与大棒并举，拉拢与表扬齐发。除了我们三班因故"架"走了一个外省来的英文教员以外，再也没有发生什么风波。此地处万绿丛中，远挹佛山之灵气，近染荷塘之秀丽，地灵人杰，颇出了一些学习优良的学生。

至于我自己，上面已经谈到过，在心中有了一点"小志"，大概是因为入学考试分数高，所以一入学我就被学监指定为三班班长。在教室里，我的座位是第一排左数第一张桌子，标志着与众不同。论学习成绩，因为我对国文和英文都有点基础，别人无法同我比。别的课想得高分并不难，只要在考前背熟课文就行了。国文和英文，则必须学有素养，临阵磨枪，临时抱佛脚，是不行的。在国文班上，王崑玉老师出的第一次作文题是"读《徐文长传》书后"，我不意竟得了全班第一名，老师的评语是"亦简劲，亦畅达"。此事颇出我意外。至于英文，由于我在上面谈到的情况，我独霸全班，被尊为"英文大家"（学生戏译为 great home）。第一学期，我考了个甲等第一名。这是我生平第一次荣登这个宝座，虽然并非什么意外之事，我却有点沾沾自喜。

可事情还没有完。王状元不知从哪里得来的灵感，他规定：凡是甲等第一名平均成绩在九十五分以上者，他要额外褒奖。全校五个班当然有五个甲等第一；但是，平均分数超过九十五分者，却只有我一个人，我的平均分数是九十七分。于是状元公亲书一副对联，另外还写了一个扇面，称我为"羡林老弟"，这实在是让我受宠若惊。对联已经佚失，只有扇面还保存下来。

虚荣之心，人皆有之；我独何人，敢有例外。于是我真正立下了"大志"，决不能从宝座上滚下来，那样面子太难看了。我买了韩、柳、欧、苏的文集，苦读不辍。又节省下来仅有的一点零用钱，远至日本丸善书店，用"代金引换"的办法，去购买英文原版书，也是攻读不辍。结果是"皇天不负有心人"，两年四次考试，我考了四个甲等第一，大大地满足了自己的虚荣心。我不愿意说谎话，我决不是什么英雄，"怀有大志"，我从来没有过"大丈夫当如是也"一类的大话，我是一个十分平庸的人。

时间到了1928年，应该上三年级了。但是日寇在济南制造了"五三惨案"，杀了中国的外交官蔡公时，派兵占领了济南。学校停办，外地的教员和学生，纷纷逃离。我住在济南，只好留下，当了一年的"准亡国奴"。

第二年，1929年，奉系的土匪军阀早就滚蛋，来的是西北军和国民党的新式军阀。王老状元不知哪里去了。教育厅长换了新派人物，建立了全省唯一的一所高中：山东省立济南高中。表面上颇有"换了人间"之感，"四书""五经"都不念了，写作文也改用了白话。教员阵容仍然很强，但是原有的老教员多已不见，而是换了一批外省的，主要是从上海来的教员，国文教员尤其突出。也许是因为学校规模大了，我对全校教员不像北园时代那样如数家珍，个个都认识。现在则是迷离模糊，说不清张三李四了。

因为我已经读了两年，一入学就是三年级。任课教员当然也不会少的；但是，奇怪的是英文、数学、历史、地理等课的教员的姓名我全忘了，能记住的都是国文教员。这些人大都是当时颇有名气的作家，什么胡也频先生、董秋芳（冬芬）先生、夏莱蒂先生、董每戡先生等等。我对他们都很尊重，尽管有的先生没有教过我。

初入学时，国文教员是胡也频先生。他根本很少讲国文，几乎每一堂都在黑板上写上两句话：什么是"现代文艺"？"现代文艺"的使命是什么？"现代文艺"，当时叫"普罗文学"，现代称之为无产阶级文学。它的使命就是革命。胡先生以一个年轻革命家的身份，毫无顾忌，勇往直前。公然在学生区摆上桌子，招收现代文艺研究会的会员。我是一个积极分子，当了会员，还写过一篇《现代文艺的使命》的文章，准备在计划出版的刊物上发表，内容现在完全忘记了，无非是一些肤浅的革命口号。胡先生的过激行动,引起了国民党的注意,准备逮捕他,他逃到上海去了,两年后就在上海龙华就义。

学期中间,接过胡先生教鞭的是董秋芳先生,他同他的前任迥乎不同,他认真讲课,认真批改学生的作文。他出作文题目,非常奇特,他往往在黑板上写上四个大字"随便写来",意思就是让学生愿意写什么,就写什么。有一次,我写了一篇相当长的作文,是写我父亲死于故乡我回家奔丧的心情的,董老师显然很欣赏这一篇作文,在作文本每页上面空白处写了几个眉批:"一处节奏,又一处节奏。"这真正是正中下怀,我写文章,好坏姑且不论,我是非常重视节奏的。我这个个人心中的爱好,不意董老师一语道破,夸大一点说,我简直要感激涕零了。他还在这篇作文的后面写了一段很长的批语,说我和理科学生王联榜是全班甚至全校之冠,我的虚荣心又一次得到了满足。我之所以能毕生在研究方向迥异的情况下始终不忘舞笔弄墨,到了今天还被人称作一个作家,这是与董老师的影响和鼓励分不开的。恩师大德,我终生难忘。

我不记得高中是怎样张榜的。反正我在这最后一学年的两次考试中,又考了两个甲等第一,加上北园的四个,共是六连贯。要说是不高兴,那不是真话;但也并没有飘飘然觉得自己有什么了不起。

到了1930年的夏天,我的中学时代就结束了。当年我是十九岁。

如果青年朋友们问我有什么经验和诀窍,我回答说:没有的。如果非要我说点什么不行的话,那我只能说两句老生常谈:"书山有路勤为径,学海无涯苦作舟。""勤""苦"二字就是我的诀窍。说了等于白说,但白说也得说。

记北大1930年入学考试

　　1930年，我高中毕业。当时山东只有一个高中，就是杆石桥山东省立高中，文理都有，毕业生大概有七八十个人。除少数外，大概都要进京赶考的。我之所谓"京"是一个形象的说法，就是指的北京，当时还叫"北平"。山东有一所大学：山东大学。但是名声不显赫，同北京的北大、清华无法并提。所以，绝大部分高中毕业生都进京赶考。

　　当时北平的大学很多。除了北大、清华以外，我能记得来的还有朝阳大学、中国大学、郁文大学、平民大学、辅仁大学、燕京大学等。还有一些只有校名，没有校址的大学，校名也记不清楚了。

　　有的同学大概觉得自己底气不足，报了五六个大学的名。报名费每校三元，有几千学生报名，对学校来说是一笔不小的收入。我本来是一个上不得台盘的人，新育小学毕业就没有勇气报考一中。但是，高中一年级时碰巧受到了王寿彭状元的奖励，于是虚荣心起了作用：既然上去，就不能下来！结果三年高中，六次考试，我考了六个第一名。心中不禁"狂"了起来。我到了北平，只报了两个学校：北大与清华。结果两校都录取了我。经过反复的思考，我弃北大而取清华。后来证明我这个判断是正确的，否则我就不会有留德十年。

没有留德十年，我以后走的道路会是完全不同的。

那一年的入学考试，北大就在沙滩，清华因为离城太远，借了北大的三院做考场。清华的考试平平常常，没有什么特异之处。北大则极有特色，至今忆念难忘。首先是国文题就令人望而生畏，题目是"何谓科学方法？试分析评论之"。又要"分析"，又要"评论之"，这究竟是考学生什么呢？我哪里懂什么"科学方法"。幸而在高中读过一年逻辑，遂将逻辑的内容拼拼凑凑，写成了一篇答卷，洋洋洒洒，颇有一点神气。北大英文考试也有特点。每年必出一首旧诗词，令考生译成英文。那一年出的是"别来春半，触目愁肠断。砌下落梅如雪乱，拂了一身还满"。所有的科目都考完以后，又忽然临时加试一场英文 dictation。一个人在上面念，让考生整个记录下来。这玩意儿我们山东可没有搞。我因为英文单词记得多，整个故事我听得懂，大概是英文《伊索寓言》一类书籍抄来的一个罢。总起来，我都写了下来。仓皇中把 suffer 写成了 safer。

我们山东赶考的书生们经过了这几大灾难，才仿佛井蛙从井中跃出，大开了眼界，了解到了山东中学教育水平是相当低的。

2003 年 9 月 28 日

|壹| 告别慈母,踽踽独行

那提心吊胆的一年

　　这已经是过去的事情了。现在旧事重提,好像是拣起一面古镜。用这一面古镜照一照今天,才更能显出今天的光彩焕发。
　　二十多年以前,我在大学里学习了四年西方语言文学以后,带着满脑袋的荷马、但丁、莎士比亚和歌德,回到故乡母校高级中学去当国文教员。
　　当我走进学校大门的时候,我的心情是复杂的。可以说是一则以喜,一则以惧。喜的是我终于抓到了一个饭碗,这简直是绝处逢生;惧的是我比较熟悉的那一套东西现在用不上了,现在要往脑袋里面装屈原、李白和杜甫。
　　从一开始接洽这个工作,我脑子里就有一个问号:在那找饭碗如登天的时代里,为什么竟有一个饭碗自动地送上门来?我预感到这里面隐藏着什么危险的东西。但是,没有饭碗,就吃不成饭,我抱着铤而走险的心情想试一试再说。到了学校,才逐渐从别人的谈话中了解到,原来是校长想把本校的毕业生组织起来,好在对敌斗争中为他助一臂之力。我是第一届甲班的毕业生,又捞到了一张一个著名的大学的毕业证书,因此被他看中,邀我来教书。英文教员满了额,就只好让我教国文。
　　就教国文吧。我反正是"瘸子掉在井里,捞起来也是坐"。只要有人敢请我，我就敢教。

但是，问题却没有这样简单。我要教三个年级的三个班，备课要顾三头，而且都是古典文学作品。我小时候虽然念过一些《诗经》《楚辞》，但是时间隔了这样久，早已忘得差不多了。现在要教人，自己就要先弄懂。可是，真正弄懂又不是一件轻而易举的事情。现在教国文的同事都是我从前的教员，我本来应该而且可以向他们请教的。但是，根据我的观察，现在我们之间的关系变了：不再是师生，而是饭碗的争夺者。在他们眼中，我几乎是一个眼中钉。即使我问他们，他们也不会告诉我的。我只好一个人单干。我日夜抱着一部《辞源》，加紧备课。有的典故查不到，就成天半夜地绕室彷徨。窗外校园极美，正盛开着木槿花，在暗夜中，阵阵幽香破窗而入。整个宇宙都静了下来，只有我一人还不能宁静。我仿佛为人所遗弃，很想到什么地方去哭上一场。

我的老师们也并不是全不关心他们的老学生。我第一次上课以前，他们告诉我，先要把学生的名字都看上一遍，学生名字里常常出现一些十分生僻的字，有的话就查一查《康熙字典》。如果第一堂就念不出学生的名字，在学生心目中这个教员就毫无威信，不容易当下去，影响到饭碗。如果临时发现了不认识的字，就不要点这个名。点完后只需问上一声："还有没点到名的吗？"那一个学生一定会举手站起来。然后再问一声："你叫什么名字呀？"他自己一报告，你也就认识了那一个字。如此等等，威信就可以保得十足。

| 壹 | 告别慈母，踽踽独行

  这虽是小小的一招，我却是由衷感激。我教的三个班果然有几个学生的名字连《辞源》上都查不到。如果没有这一招，我的威信恐怕一开始就破了产，连一年教员也当不成了。
  可是课堂上也并不总是平静无事。我的学生有的比我还大，从小就在家里念私塾，旧书念得很不少。有一个学生曾对我说："老师，我比你大五岁哩。"说罢嘿嘿一笑，我觉得里面有威胁，有嘲笑。比我大五岁，又有什么办法呢？我这老师反正还要当下去。
  当时好像有一种风气：教员一定要无所不知。学生以此要求教员，教员也以此自居。在课堂上，教员决不能承认自己讲错了，决不能有什么问题答不出。否则就将为学生所讥笑。但是像我当时那样刚从外语系毕业的大娃娃教国文怎能完全讲对呢？怎能完全回答同学们提出来的问题呢？有时候，只好王顾左右而言他；被逼得紧了，就硬着头皮，乱说一通。学生究竟相信不相信，我不清楚。反正他们也不是傻子，老师究竟多轻多重，他们心中有数。我自己十分痛苦。下班回到寝室，思前想后，坐立不安。孤苦寂寥之感又突然袭来，我又仿佛为人们所遗弃，想到什么地方去哭上一场。
  别的教员怎样呢？他们也许都有自己的烦恼，家家有一本难念的经。但是有几个人却是整天满面春风，十分愉快。我有时候也从别人嘴里听到一些风言风语，说某某人陪校长太太打麻将了，某某人给校长送礼了，某某人请校长夫妇吃饭了。
  我立刻想到自己的饭碗，也想学习他们一下。但是，却来了问题：买礼物，准备酒席，都不是极困难的事情，可是，怎样送给人家呢？怎样请人家呢？如果只说："这是礼物，我要送给你。"或者："我要请你吃饭。"虽然也难免心跳脸红，但我自问还干得了。可是，这显然是不行的，事情并没有这样简单，一定还要耍一些花样。这就是我力所不能及的事情了。我在自己屋里，再三考虑，甚至自我表演，暗诵台词。最后，我只有承认，我在这方面缺少天才，只好作罢。我仿佛看到自己手里的饭碗已经有点飘动。我真想到什么地方去哭上一场。

就这样，半年过去了。到了放寒假的时候，一位河南籍的物理教员，因为靠山教育厅的一位科长垮了台，就要被解聘。校长已经托人暗示给他，他虽然没有出路，也只有忍痛辞职。我们校长听了，故意装得大为震惊，三番两次到这位教员屋里去挽留，甚至声泪俱下，最后还表示要与他共进退。我最初只是一位旁观者，站在旁边看校长的表演艺术，欣赏他的表演天才。但是，看来看去，我自己竟糊涂起来，我给校长的真挚态度所感动了。我也自动地变成演员，帮着校长挽留他。那位教员阅历究竟比我深，他不为所动，还是卷了铺盖。因为他知道，连他的继任人选都已经安排好了。

我又长了一番见识，暗暗地责备自己糊涂。同时，我也不寒而栗，将来会不会有一天校长也要同我"共进退"呢？

也就在这时候，校长大概逐渐发现，在我这个人身上，他失了眼力，看错了人。我到了学校以后，虽然也在别人的帮助（毋宁说是牵引）下，把高中毕业同学组织起来，并且被选为什么主席。但是，从那以后，就一点活动也没有。我确实不知道，应该活动一些什么。虽然我绞尽脑汁，办法就是想不出。这样当然就与校长原意相违了。他表面上待我还是客客气气，只是有一次在有意和无意之间他对我说道："你很安静。"什么叫做"安静"呢？别人恐怕很难体会这两个字的意思，我却是能体会的。我回到寝室，又绕室彷徨。"安静"两个字给我以大威胁。我的饭碗好像就与这两个字有关。我又仿佛为人所遗弃，想到什么地方去哭上一场。

春天早过，夏天又来，这正是中学教员最紧张的时候。在教员休息室里，经常听到一些窃窃私语："拿到了没有？"不用说拿到什么，大家都了解，这指的是下学期的聘书。有的神色自若，微笑不答。这都是有办法的人，与校长关系密切，或者属于校长的基本队伍。只要校长在，他们决不会丢掉饭碗。有的就神色仓皇，举止失措。这样的人没有靠山，饭碗掌握在别人手里，命定是一年一度紧张。我把自己归入这一类。我的神色如何，自己看不见，但是心情自己是知道的。校长给我下的断语"安静"，我觉得，就已经决定了我的命运。但我还侥幸有万一的幻想，因此在仓皇中还有一点镇静。

但是，这镇静是不可靠的。我心里的滋味实际上同一年前大学将要毕业时差不多。我见了人，不禁也窃窃私语："拿到了没有？"我不喜欢那些神态自若的人。我只愿意接近那些神色仓皇的人，只有对这一些人我才有同病相怜之感。

这时候，校园更加美丽了。木槿花虽还开放，但已经长满了绿油油的大叶子。玫瑰花开得一丛一丛的,池塘里的水浮莲已经开出黄色的花朵。"小园香径独徘徊",是颇有诗意的。可惜我什么诗意都没有。我耳边只有一个声音:"拿到了没有?"我觉得,大地茫茫,就是没有我的容身之处。我又想到什么地方去哭上一场。

这事情已经过去了二十多年。但是,每一回忆起那提心吊胆的情况,就历历如在眼前,我真是永世难忘。现在把它写了出来,算是送给今年毕业同学的一件礼物,送给他们一面镜子。在这里面,可以照见过去与现在,可以照出自己应该走的道路。

1963 年 7 月 21 日

二年生活[1]

清华大学与德国学术交换处订的合同，规定学习期限为两年。我原来也只打算在德国住两年。在这期间，我的身份是学生。在德国十年中，这两年的学生生活可以算是一个阶段。

在这二年内，一般说来，生活是比较平静的，没有大风大浪，没有剧烈的震动。希特勒刚上台不几年，德国崇拜他如疯如狂。我认识一个女孩子，年轻貌美。有一次同她偶尔谈到希特勒，她脱口而出："如果我能同希特勒生一个孩子，是我莫大的光荣！"我真是大吃一惊，做梦也没有想到。我没有见过希特勒本人，只是常常从广播中听到他那疯狗般的狂吠声。在德国人中，反对他的微乎其微。他手下那著名的两支队伍，SA（Sturm-abteilung，冲锋队）和SS（Schutz-staffel，党卫军），在街上随时可见。前者穿黄制服，我们称之为"黄狗"；后者着黑制服，我们称之为"黑狗"。这黄黑二狗从来没有跟我们中国学生找过麻烦。进商店，会见朋友，你喊你的"希特勒万岁"，我喊我的"早安""日安""晚安"，各行其是，互不侵犯，井水不犯河水，

---

1 本篇选自《留德十年》，此书稿成稿时间为1991年5月。

倒也能和平共处。我们同一般德国人从来不谈政治。

实际上，在当时，无论是在中国，还是在德国，都是处在大风暴的前夕。两年以后，情况就大大地改变了。

这一点我是有所察觉的，不过是无能为力，只好能过一天平静的日子，就过一天，苟全性命于乱世而已。

从表面上来看，市场还很繁荣，食品供应也极充足，限量制度还没有实行，只要有钱，什么都可以买到。我每天早晨在家里吃早点：小面包、牛奶、黄油、干奶酪，佐之以一壶红茶。然后到梵文研究所去，或上课，或学习。中午在外面饭馆里吃。吃完，仍然回到研究所，从来不懂什么睡午觉。下午也是或上课，或学习，晚上6点回家，房东老太太把他们中午吃的热饭菜留一份给我晚上吃。因此我就不必像德国人那样，晚饭只吃面包香肠喝茶了。

就这样，日子过得有条有理，满惬意的。

一到星期日，当时住在哥廷根的几个中国留学生：龙丕炎、田德望、王子昌、黄席棠、卢寿枏等就不约而同地到城外山下一片叫做"席勒草坪"的绿草地去会面。这片草地终年绿草如茵，周围古木参天，东面靠山，山上也是树木繁茂，大森林长宽各几十里。山中颇有一些名胜，比如俾斯麦塔，高踞山巅，登临一望，全城尽收眼底。此外还有几处咖啡馆和饭店。我们在席勒草坪会面以后，有时也到山中去游逛，午饭就在山中吃。见到中国人，能说中国话，真觉得其乐无穷。往往是在闲谈笑话中忘记了时间的流逝。等到注意到时间时,已是暝色四合,月出于东山之上了。

至于学习,我仍然是全力以赴。我虽然原定只能留两年,但我仍然做参加博士考试的准备。根据德国的规定,考博士必须读三个系:一个主系,两个副系。我的主系是梵文、巴利文等所谓印度学(Indologie),这是大局已定。关键是在两个副系上,然而这件事又是颇伤脑筋的。当年我在国内患"留学热"而留学一事还渺茫如蓬莱三山的时候,我已经立下大誓:决不写有关中国的博士论文。鲁迅先生说过,有的中国留学生在国外用老子与庄子谋得了博士头衔,令洋人大吃一惊;然而回国后讲的却是康德、黑格尔。我鄙薄这种博士,决不步他们的后尘。现在到了德国,无论主系和副系决不同中国学沾边。我听说,有一个学自然科学的留学生,想投机取巧,选了汉学作副系。在口试的时候,汉学教授问的第一个问题是:中国的杜甫与英国的莎士比亚,谁先谁后?中国文学史长达几千年,同屈原等比起来,杜甫是偏后的。而在英国则莎士比亚已算较古的文学家。这位留学生大概就受这种印象的影响,开口便说:"杜甫在后。"汉学教授说:"你落第了!下面的问题不需要再提了。"

谈到口试,我想在这里补充两个小例子,以见德国口试的情况,以及教授的权威。19世纪末,德国医学泰斗微耳和(Virchow)有一次口试学生,他把一盘子猪肝摆在桌子上,问学生道:"这是什么?"学生瞠目结舌,半天说不出话来。他哪里会想到教授会拿猪肝来呢。结果是口试落第。微耳和对他说:"一个医学工作者一定要实事求是,眼前看到什么,就说是什么。连这点本领和勇气都没有,怎能当医生呢?"又一次,也是这位微耳和在口试,他指了指自己的衣服,问:"这是什么颜色?"学生端详了一会儿,郑重答道:"枢密顾问(德国成就卓著的教授的一种荣誉称号)先生!您的衣服曾经是褐色的。"微耳和大笑,立刻说:"你及格了!"因为他不大注意穿着,一身衣服穿了十几年,原来的褐色变成黑色了。这两个例子虽小,但是意义却极大。它告诉我们,德国教授是怎样处心积虑地培养学生实事求是不受任何外来影响干扰的观察问题的能力。

回头来谈我的副系问题。我坚决不选汉学,这已是定不可移的了。那么选什么呢?我考虑过英国语言学和德国语言学。后来,又考虑过阿拉伯文。我还真下工夫学了一年阿拉伯文。后来,又觉得不妥,决定放弃。最后选定了英国语言学与斯拉夫语言学。但斯拉夫语言学,不能只学一门俄文。我又加学了南斯拉夫文。从此天下大定。

斯拉夫语研究所也在高斯-韦伯楼里面。从那以后,我每天到研究所来,学习一整天。主要精力当然是用到学习梵文和巴利文上。梵文班原先只有我一个学生。大概从第三学期开始,来了两个德国学生:一个是历史系学生,一个是一位乡村牧师。前者在我来哥廷根以前已经跟西克教授学习过几个学期。等到我第二学年开始时,他来参加,没有另外开班,就在一个班上。我最初对他真是肃然起敬,他是老学生

壹 告别慈母，踽踽独行

了。然而，过了不久，我就发现，他学习颇为吃力。尽管他在中学时学过希腊文和拉丁文，又懂英文和法文，但是对付这个语法规则烦琐到匪夷所思的程度的梵文，他却束手无策。在课堂上，只要老师一问，他就眼睛发直，口发呆，嗫嗫嚅嚅，说不出话来。一直到第二次世界大战爆发，他被征从军，他始终没能征服梵文，用我的话来说，就是，他没有跳过龙门。

我自己学习梵文，也并非一帆风顺。这一种在现在世界上已知的语言中语法最复杂的古代语言，形态变化之丰富，同汉语截然相反。我当然会感到困难。但是，既然已经下定决心要学习，就必然要把它征服。在这两年内，我曾多次暗表决心：一定要跳过这个龙门。

回到祖国[1]

我于1945年秋,在待了整整10年之后,从哥廷根到了瑞士,等候机会回国;在瑞士Fribourg[2]住了几个月,于1946年春夏之交,经法国马赛和越南西贡,又经香港,回到祖国。先在上海和南京住了一个夏天和半个秋天。当时解放战争正在激烈进行,津浦铁路中断,我有家难归。当时我已经由恩师陈寅恪先生介绍,北大校长胡适之先生、代理校长傅斯年先生和文学院院长汤锡予(用彤)先生接受,来北大任教。在上海和南京住的时候,我一点收入都没有。我在上海卖了一块从瑞士带回来的自动化的OMEGA金表。这在当时国内是十分珍贵、万分难得的宝物。但因为受了点骗,只卖了十两黄金。我将此钱的一部分换成了法币,寄回济南家中。家中经济早已破产,靠摆小摊,卖炒花生、香烟、最便宜的糖果之类的东西,勉强糊口。对于此事,我内疚于心久矣。只是阻于战火,被困异域。家中盼我归来,如大旱之望云霓。现在终于历尽千辛万苦回来了,我焉能不首先想到家庭!家中的双亲——叔父和婶母,妻、儿正在嗷嗷待哺哩。

---

1 本文节选自《季羡林自述》,具体写作时间无法查证。
2 弗里堡。

剩下的金子就供我在南京和上海吃饭之用。住宿，在上海是睡在克家家中的榻榻米上；在南京是睡在长之国立编译馆的办公桌上，白天在台城、玄武湖等处游荡。我出不起旅馆费，我还没有上任，根本拿不到工资。

在这样的情况下，我无书可读，无处可读。我是多么盼望能够有一张哪怕是极其简陋的书桌啊！除了写过几篇短文外，一个夏天，一事无成。一个人的生命是有限的。古人说："一寸光阴一寸金，寸金难买寸光阴。"我自己常常说，浪费时间，等于自杀。然而，我处在那种环境下，又有什么办法呢？我真成了《坐宫》中的杨四郎。

我于1946年深秋从上海乘船北上，先到秦皇岛，再转火车，到了一别11年的故都北京。从山海关到北京的铁路由美军武装守护，尚能通车。到车站去迎接我们的有阴法鲁教授等老朋友。汽车经过长安街，于时黄昏已过，路灯惨黄，落叶满地，一片凄凉。我想到了唐诗"落叶满长安"，这里的"长安"，指的是"长安城"，今天的西安。我的"长安"是北京东西长安街。游子归来，古城依旧，而岁月流逝，青春难再。心中思绪万端，悲喜交集。一转瞬间，却又感到仿佛自己昨天才离开这里。叹人生之无常，嗟命运之渺茫。过去11年的海外经历，在脑海中层层涌现。我们终于到了北大的红楼，我暂时被安排在这里住下。

按北大当时的规定，国外归来的留学生，不管拿到什么学位，最高只能定为副教授。清华大学没有副教授这个职称，与之相当的是专任讲师。至少要等上几年,看你的教书成绩和学术水平,如够格,即升为正教授。我能进入北大,已感莫大光荣,焉敢再巴蛇吞象,有什么非分之想!第二天,我以副教授的身份晋谒汤用彤先生。汤先生是佛学大师。他的那一部巨著《汉魏两晋南北朝佛教史》,集义理、辞章、考据于一体,蜚声宇内,至今仍是此道楷模,无能望其项背者。他的大名我仰之久矣。在我的想象中,他应该是一位面容清癯、身躯瘦长的老者;然而实际上却恰恰相反。他身着灰布长衫,圆口布鞋,面目祥和,严而不威,给我留下了十分深刻的印象。暗想在他领导下工作是一种幸福。过了至多一个星期,他告诉我,学校决定任我为正教授,兼文学院东方语言文学系的系主任。这实在是大大地出我意料。要说不高兴,那是过分矫情;要说自己感到真正够格,那也很难说。我感愧有加,觉得对我是一种鼓励。不管怎样,副教授时期之短,总可以算是一个记录吧。

我的处女作

哪一篇是我的处女作呢？这有点难说。究竟什么是处女作呢？也不容易说清楚。如果小学生的第一篇作文就是处女作的话，那我说不出。如果发表在报章杂志上的第一篇文章是处女作的话，我可以谈一谈。

我在高中里就开始学习着写东西。我的国文老师是胡也频、董秋芳（冬芬）、夏莱蒂诸先生。他们都是当时文坛上比较知名的作家，对我都有极大的影响，甚至影响了我的一生。我当时写过一些东西，包括普罗文艺理论在内，颇受到老师们的鼓励。从此就同笔墨结下了不解缘。在那以后五十多年中，我虽然走上了一条与文艺创作关系不大的道路，但是积习难除，至今还在舞笔弄墨，好像不如此，心里就不得安宁。当时的作品好像没有印出来过，所以不把它们算作处女作。

高中毕业后，到北京来上大学，念的是西洋文学系。但是只要心有所感，就如骨鲠在喉，一吐为快，往往写一些可以算是散文一类的东西。第一篇发表在天津《大公报·文艺副刊》上，题目是《枸杞树》，里面记录的是一段真实的心灵活动。我19岁离家到北京来考大学，这是我第一次走这样长的路，而且中学与大学之间好像有一条鸿沟，跨过这条沟，人生长途上就有了一个新的起点。这情况反映到我的心灵上引起了极大的波动,我有点惊异,有点担心,有点好奇,又有点迷惘。初到北京,什么东西都觉得新奇可爱;但是心灵中又没有余裕去爱这些东西。当时想考上一个好大学,比现在要难得多,往往在几千人中只录取一二百名,竞争是异常激烈的,心里的斗争也同样激烈。因此,心里就像是开了油盐店,酸、甜、苦、辣,什么滋味都有。但是美丽的希望也时时向我招手,好像在眼前不远的地方,就有一片玫瑰花园,姹紫嫣红,芳香四溢。

这种心情牢牢地控制住我,久久难忘,永远难忘。大学考取了,再也不必担心什么了,但是对这心情的忆念却依然存在,最后终于写成了这一篇短文:《枸杞树》。

这一篇所谓处女作有什么值得注意的地方呢?同我后来写的一些类似的东西有什么关系呢?仔细研究起来,值得注意的地方还是有的,首先就表现在这篇短文的结构上。所谓结构,我的意思是指文章的行文布局,特别是起头与结尾更是文章的关键部位。文章一起头,必须立刻就把读者的注意力牢牢捉住,让他非读下去不可,大有欲罢不能之势。这种例子在中国文学史上是颇为不少的。我曾在什么笔记上读到过一段有关宋朝大文学家欧阳修写《相州昼锦堂记》的记载。大意是说,欧阳修经过深思熟虑把文章写完,派人送走。但是,他忽然又想到,文章的起头不够满意,立刻又派人快马加鞭,追回差人,把文章的起头改为"仕宦而至将相,富贵而归故乡,此人情之所荣,而今昔之所同也",自己觉得满意,才又送走。

我想再举一个例子。宋朝另一个大文学家苏轼写了一篇有名的文章:《潮州韩文公庙碑》。起头两句是"匹夫而为百世师,一言而为天下法"。《古文观止》编选者给这两句话写了一个夹注:"东坡作此碑,不能得一起头,起行数十遭,忽得此两句,是从古来圣贤远远想人。"

这样的例子还可以举出一些,我现在暂时不举了。从这些例子中可以看出,我国古代杰出的文学家是以多么慎重严肃的态度来对待文章的起头的。

至于结尾,中国文学史上有同样著名的例子。我在这里举一个大家所熟知的,这就是唐代诗人钱起的《省试湘灵鼓瑟》。这一首诗的结尾两句话是:"曲终人不见,江上数峰青。"让人感到韵味无穷。只要稍稍留意就可以发现,古代的诗人几乎没有哪一篇不在结尾上下工夫的,诗文总不能平平淡淡地结束,总要给人留下一点余味,含吮咀嚼,经久不息。

写到这里,话又回到我的处女作上。这一篇短文的起头与结尾都有明显的惨淡经营的痕迹,现在回忆起来,只是那个开头,就费了不少工夫,结果似乎还算满意,因为我一个同班同学看了说:"你那个起头很有意思。"什么叫"很有意思"呢?我不完全理解,起码他是表示同意吧。

我现在回忆起来,还有一件事情与这篇短文有关,应该在这里提一提。在写这篇短文之前,我曾翻译过一篇英国散文作家 L. P. Smith 的文章,名叫《蔷薇》,发表在 1931 年

4月24日《华北日报·副刊》上。这篇文章的结构有一个特点。在第一段最后有这样一句话："整个小城都在天空里熠耀着,闪动着,像一个巢似的星圈。"这是那个小城留给观者的一个鲜明生动的印象。到了整篇文章的结尾处,这一句话又出现了一次。我觉得这种写法很有意思,在写《枸杞树》的时候有意加以模仿。我常常有一个想法:写抒情散文(不是政论,不是杂文),可以尝试着像谱乐曲那样写,主要旋律可以多次出现,把散文写成像小夜曲,借以烘托气氛,加深印象,使内容与形式彼此促进。这也许只是我个人的幻想,我自己也尝试过几次。结果如何呢?我不清楚。好像并没有得到知音,颇有寂寞之感。事实上中国古代作家在形式方面标新立异者,颇不乏人,欧阳修的《醉翁亭记》是一个有名的例子。现代作家,特别是散文作家,极少有人注重形式,我认为似乎可以改变一下。

"你不是在这里宣传'八股'吗?"我隐约听到有人在斥责。如果写文章讲究一点技巧就算是"八股"的话,这样的"八股"我一定要宣传。我生也晚,没有赶上作八股的年代。但是我从一些清代的笔记中了解到八股的一些情况。它的内容完全是腐朽昏庸的,必须彻底加以扬弃。至于形式,那些过分雕琢巧伪的东西也必须否定。那一点想把文章写得比较有点逻辑性,有点系统性,不蔓不枝,重点突出的用意,则是可以借鉴的。写文章,在艺术境界形成以后,在物化的过程中注意技巧,不但未可厚非,而且必须加以提倡。在过去,八股中偶尔也会有好文章的。上面谈到的唐代钱起的《省试湘灵鼓瑟》就是试帖诗，是八股一类，尽管遭到鲁迅先生的否定，但是你能不承认这是一首传诵古今的好诗吗？自然，自古以来，确有一些名篇，信笔写来，如行云流水，一点也没有追求技巧的痕迹。但是，我认为，这只是表面现象。写这样的文章需要很深的工力，很高的艺术修养。我们平常说的"返朴归真"，就是指的这种境界。这种境界是极难达到的，这与率尔命笔，草率从事，完全不可同日而语。这决非我一个人的怪论，然而，不足为外人道也。

1985 年 7 月 4 日

我的第一位老师

他实际上不是我的第一位老师。在他之前,我已经有几位老师了。不过都已面影迷离,回忆渺茫,环境模糊,姓名遗忘。只有他我还记得最清楚,因而就成了第一了。

我这第一位老师,姓李,名字不知道。这并非由于忘记,而是当时就不注意。一个九岁的孩子,一般只去记老师的姓,名字则不管。倘若老师有绰号——老师几乎都有的——则只记绰号,连姓也不管了。我们小学就有"shao qianr(即知了,蝉。济南这样叫,不知道怎样写)""卖草纸的"等等老师。李老师大概为人和善,受到小孩子的尊敬,又没有什么特点,因此逃掉起绰号这一有时颇使老师尴尬的关。

我原在济南一师附小上学,校长是新派人物,在山东首先响应五四运动,课本改为白话。其中有一篇《阿拉伯的骆驼》,是一个众所周知的寓言故事。我叔父忽然有一天翻看语文课本,看到这一篇,勃然大怒,高声说:"骆驼怎么能会说话!荒唐之至!快转学!"

于是我就转了学,转的是新育小学。因为侥幸认识了一个"骡"字,震动了老师,让我从高小开始,三年初小,统统赦免。一个字竟能为我这一生学习和工作提前了一两年,不称之为运气好又称之为什么呢?

壹 告别慈母,踽踽独行

新育校园极大,从格局上来看,旧时好像是什么大官的花园。门东向,进门左拐,有一排平房。沿南墙也有一排平房,似为当年仆人的住处。平房前面有一片空地,偏西有修砌完好的一大圆池塘,我可从来没见过里面有水,只是杂草丛生而已。池畔隙地也长满了杂草,春夏秋三季,开满了杂花,引得蜂蝶纷至,野味十足,与大自然浑然一体。倘若印度大诗人泰戈尔来到这里,必然认为是办学的最好的地方。

进校右拐,是一条石径,进口处木门上有一匾,上书"循规蹈矩"。我对这四个字感到极大的兴趣。因为它们难写,更难懂。我每天看到它,但是一直到毕业,我也不知道是什么意思。

石径右侧是一座颇大的假山,石头堆成,山半有亭。本来应该是栽花的空地上,现在却没有任何花,仍然只是杂草丛生而已。遥想当年鼎盛时,园主人大官正在辉煌夺目之时,山半的亭子必然彩绘一新,耸然巍然。山旁的隙地上也必然是栽满了姚黄魏紫,国色天香。纳兰性德的词"晚来风动护花铃,人在半山亭"所流露出来的高贵气象,必然会在这里出现。然而如今却是山亭颓败,无花无铃,唯有夕阳残照、乱石林立而已。

可是,我却忘记不了这一座假山,不是由于它景色迷人,而是由于它脚下那几棵又高又粗的大树。此树我至今也不知道叫什么名字。它春天开黄色碎花,引得成群的蜜蜂,绕花嗡嗡,绿叶与高干并配,花香与蜂鸣齐飞,此印象至今未泯。

我之所以怀念它还有另外一个原因，当年连小学生也是并不那么"循规蹈矩"的——那四个字同今天的一些口号一样，对我们丝毫也不起作用。如果我们觉得哪个老师不行，我们往往会"架"（赶走也）他。"架"的方式不同，不要小看小学生，我们的创造力是极为丰富多彩的。有一个教师就被我们"架"走了。采用的方式是每个同学口袋里装满那几棵大树上结的黄色的小果子，这果子味涩苦，不能吃，我们是拿来作武器的。预备被"架"的老师一走进课堂，每人就从口袋里掏出那种黄色的小果子，投向老师。宛如旧时代两军对阵时万箭齐发一般，是十分有威力的。老师知趣，中了几弹之后，连忙退出教室，卷起铺盖回家。

假山对面，石径左侧，有一个单独的大院子，中建大厅，既高且大，雄伟庄严，是校长办公的地方。当年恐怕是大官的客厅，布置得一定非常富丽堂皇。然而，时过境迁，而今却空荡荡的，除了墙上挂的一个学生为校长画的炭画像以外，只有几张破桌子，几把破椅子，一副寒酸相。一个小学校长会有多少钱来摆谱呢？

可是，这一间破落的大厅却给我留下了难以磨灭的印象，至今历历如在眼前。我曾在这里因为淘气被校长用竹板打过手心，打得相当厉害，一直肿了几天，胖胖的，刺心地痛。此外，厅前有两个极大的用土堆成、用砖砌好的花坛，春天栽满了牡丹和芍药。有一年，我在学校里上英文补习夜班，下课后，在黑暗中，我曾偷着折过一朵芍药。这并不光彩的

|壹| 告别慈母,踽踽独行

事,也使我忆念难忘,直至今天耄耋之年,仍然恍如昨日。

大厅院外,石径尽头,有一个小门,进去是一个大院子,整整齐齐,由东到西,盖了两排教室,是平房,房间颇多,可以供全校十几个班的学生上课。教室后面,是大操场,操场西面,靠墙还有几间房子,老师有的住在那里。门前两棵两人合抱的大榆树,叶子长满时,浓荫覆盖一大片地。树上常有成群的野鸟住宿。早晨和黄昏,噪声闹嚷嚷的,有似一个嘈杂无序的未来派的音乐会。

现在该说到我们的李老师了。他上课的地方就在靠操场的那一排平房的东头的一间教室里。他是我们的班主任,教数学、地理、历史什么的。他教书没有什么特点,因此,我回忆不出什么细节。我们当时还没有英文课,学英文有夜班,好像是要另出钱的,不是正课。可不知为什么我却清清楚楚地回忆起一个细节来:李老师在我们自习班上教我们英文字母,说f这个字母就像是一只大蜂子,腰细两头尖。这个比喻,形象生动,所以一生不忘。他为什么讲到英文字母,其他字母用什么来比喻,我都记不清了。

还有一件事情让我至今难以忘怀。有一年春天,大概是在清明前后,李老师领我们这一班学生,在我上面讲到的圆水池边上,挖地除草,开辟出一块菜地来,种上了一些瓜果蔬菜一类的东西。我们这一群孩子,平均十一二岁的年龄,差不多都是首次种菜,眼看着乱草地变成了整整齐齐、成垄成畦的菜地,春雨沾衣欲湿,杏花在雨中怒放。古人说:杏花春雨江南。我们现在是杏花春雨北国。地方虽异，其情趣则一也。春草嫩绿，垂柳鹅黄，真觉得飘飘欲仙。那时候我还不会"为觅新词强说愁"，实际上也根本无愁可说，浑身舒服，意兴盎然。我现在已经经过了八十多个春天，像那样的一个春天，我还没有过过，今后大概也不会再有了。

所有这一切，都是同李老师紧密联系在一起的。因此，众多的小学老师，我只记住了李老师一个人，也可以说是事出有因了吧。李老师总是和颜悦色，从不疾言厉色。他从来没有用戒尺打过任何学生，在当时体罚成风、体罚有理的风气下，这是十分难得的。他住的平房十分简陋，生活十分清苦。但从以上说的情况来看，他真能安贫乐道，不改其乐。

我十三岁离开新育小学，以后再没有回去过。我不知道，李老师后来怎样了，心里十分悔恨。倘若有人再让我写一篇《赋得永久的悔》，我一定会写这一件事。差幸我大学毕业以后，国内国外，都步李老师后尘，当一名教师，至今已有六十多年了，我当一辈子教员已经是注定了的。只有这一点可以告慰李老师在天之灵。

李老师永远活在我的心中。

1996年7月

贰

人间百态,皆是滋味

我渐渐从朦胧里走向光明里去么?现在我眼前似乎更亮了。我看透了一些事情:我知道在每个人嘴角常挂着的微笑后面有着怎样的冷酷;我看出大部分的人们都给同样黑暗的命运支配着。

| 贰 | 人间百态,皆是滋味

神 牛

我又和我的老朋友神牛在加德满都见面了。这是我意料中但又似乎有点出乎意料的事情。

过去,我曾在印度的加尔各答和新德里等大城市的街头见到过神牛。三十多年以前我第一次访问印度的时候,在加尔各答那些繁华的大街上第一次见到神牛。在全世界似乎只有信印度教的国家才有这种神奇的富有浪漫色彩的动物。当时它们在加尔各答的闹市中,在车水马龙里面,在汽车喇叭和电车铃声的喧闹中,三五成群,有时候甚至结成几十头上百头的庞大牛群,昂首阔步,威仪俨然,真仿佛天上天下,唯我独尊。它们对人类社会的一切现象,对人类一切新奇的发明创造,什么电车汽车,什么自行车、摩托车,全不放在眼中。它们对人类的一切显贵,什么公子、王孙,什么体操名将、电影明星,什么学者、专家,全不放在眼中。它们对人类创造的一切法律、法规,全不放在眼中。它们是绝对自由的,愿意到什么地方去,就到什么地方去;愿意在什么地方卧倒,就在什么地方卧倒。加尔各答是印度最大的城市,大街上车辆之多,行人之多,令人目瞪口呆,从公元前就有的马车和牛车,直至最新式的流线型的汽车,再加上涂饰华美的三轮摩托车,有上下两层的电车,无不具备。车声、人声、马声、牛声，混搅成一团，喧声直抵印度神话中的三十三天。在这种情况下，几头神牛，有时候竟然兴致一来，卧在电车轨道上，"我困欲眠君且去"，闭上眼睛，睡起大觉来。于是汽车转弯，小车让路，电车脱离不了轨道，只好停驶。没有哪一个人敢去驱赶这些神牛。

对像我这样的外国人来说，这种情景实在是"匪夷所思"，实在是非常有趣。我很想研究一下神牛的心理。但是从它们那些善良温顺的大眼睛里我什么也看不出，猜不出。它们也许觉得，人类真是奇妙的玩意儿。他们竟然聚居在这样大的城市里，还搞出了这样多不用马拉牛拖就会自己跑的玩意儿。这些神牛们也许会想到，人这种动物反正都害怕我们，没有哪一个人敢动我们一根毫毛，我们索性就愿意怎样干就怎样干吧！

但是，据我的观察，它们的日子也并不怎么好过。虽然没有人穿它们的鼻子，用绳子牵着走，稍有违抗，则挨上一鞭；但是也没有人按时给它们喂食喂水。它们只好到处游荡，自己谋食。看它们那种瘦骨嶙峋的样子，大概营养也并不好。而且它们虽然被认为是神牛，并没有长生不老之道，它们的死亡率并不低。当我隔了二十年第二次访问加尔各答的时候，在同一条大街上，我已经看不到当年那种十几头上百头牛游行在一起的庞大阵容了。只剩下零零落落的几头老牛徘徊在那里，寥若晨星，神牛的家族已经很不振了。看到这情景，我倒颇有一些寂寞苍凉之感。但是神牛们大概还不懂什么"牛口学"（对人口学而言），也不懂什么未来学，它们不会为

21世纪的"牛口"问题而担忧,这也算是一种难得糊涂吧。

我似乎不曾想到,隔了又将近十年,我来到了尼泊尔,又在加德满都街头看到久违的神牛了。我在上面曾说到,这次重逢是在意料中的。我又说有点出乎意料,不曾想到,是因为尼泊尔毕竟不是印度。不管怎么样,我反正是在加德满都又同神牛会面了。

在这里,神牛的神气同印度几乎一模一样,虽然数目悬殊。在大马路上,我只见到了几头。其中有一头,同它的印度同事一样,走着走着,忽然卧倒,傲然地躺在马路中间,摇着尾巴,扑打飞来的苍蝇,对身旁驶过的车辆,连瞅都不瞅。不管是什么样的车辆,都只能绕它而行,绝没有哪一个人敢去惊扰它。隔了几天,我又在加德满都郊区看见了几头,在青草地上悠然漫步。它是不是有"食草绿树下,悠然见雪山"的雅兴呢?我不敢说。可是看到它那种悠闲自在的神态,真正羡慕煞人,它真像是活神仙了。尼泊尔是半热带国家,终年青草不缺,这就为神牛的生活提供了保证。

神牛们有福了!

我祝愿神牛们能够这样优哉游哉地活下去。我祝愿它们永远不会想到"牛口"问题。

神牛们有福了!

1986年11月27日凌晨,时窗外浓雾中咕咕的鸽声于耳

夜来香开花的时候

夜来香开花的时候，我想到王妈。我不能忘记，在我刚走出童年的几年中，不知道有几个夏夜里，当闷热渐渐透出了凉意，我从飘忽的梦境里转来的时候，往往可以看到窗纸上微微有点儿白；再一沉心，立刻就有嗡嗡的纺车的声音，混着一阵阵夜来香的幽香，流了进来。倘若走出去看的话，就可以看到，一盏油灯放在夜来香丛的下面，昏黄的灯光照彻了小院，把花的高大支离的影子投在墙上，王妈坐在灯旁纺着麻，她的黑而大的影子也被投在墙上，合了花的影子在晃动着。

她是老了。我不知道她什么时候到我们家里来的。当我从故乡来到这个大都市的时候，我就看到她已经在我们家里来来往往地做着杂事。那时，已经似乎很老了。对我，从那时到现在，是一个从莫名其妙的朦胧里渐渐走到光明的一段。最初，我看到一切事情都像隔了一层薄纱。虽然到现在这层薄纱也没能撤去，但渐渐地却看到了一点儿光亮，于是有许多事情就不能再使我糊涂。就在这从朦胧到光亮的一段里，我们搬过两次家。第一次搬到一条歪曲铺满了石头的街上。王妈也跟了来。房子有点儿旧，墙上满是雨水的渍痕。只有一个窗子的屋里白天也是暗沉沉的。我童年的大部分时间就在这黑暗屋里消磨过去。院子里每一块土地都印着我的足迹。现在我还能清晰地记起来屋顶上在秋风里颤抖的小草,墙角檐下挂着的蛛网。但倘若笼统想起来的话,就只剩一团苍黑的印象了。

倘若我的记忆可靠的话,在我们搬到这苍黑的房子里第二年的夏天,小小的院子里就有了夜来香。当时颇有一些在一起玩的小孩,往往在闷热的黄昏时候聚在一块儿,仰卧在席上数着天空里飞来飞去的蝙蝠。但是最引我们注意的却是夜来香的黄花——最初只是一个长长的花苞,我们目不转睛地注视着它。还不开,还不开,蓦地一眨眼,再看时,长长的花苞已经开放成伞似的黄花了。在当时的心里,觉得这样开的花是一个奇迹。这花又毫不吝惜地放着香气。王妈也很高兴。每天她总把所有开过的花都数一遍。当她数着的时候,随时有新的花在一闪一闪地开放着。她眼花缭乱,数也数不清。我们看了她慌张而又用心的神情,不禁一哄笑起来。就这样每一个黄昏都在奇迹和幽香里度过。每一个夜跟着每一个黄昏走了来。在清凉的中夜里,当我从飘忽的梦境里转来的时候,就可以看到王妈的投在墙上的黑而大的影子在合着夜来香的影子晃动了。

就在这样一个环境里,我第一次觉得我的眼前渐渐地亮起来。以前我看王妈只像一个影子。现在我才发现她也同我一样是一个活动的人。但是我仍然不明了她的身世。在小小的心灵里,我并想不到她这样大的年纪出来佣工有什么苦衷;

我只觉得她同我们住在一起，就是我们家里的一个人，她也应该同我们一样地快活。童稚的心岂能知道世界上还有不快活的事情吗？

在初秋的暴雨里，我看到她提着篮子出去买菜；在严冬大雪的早晨，我看到她点着灯起来生炉子。冷风把她手吹得红萝卜似的开了裂，露出鲜红的肉来。我永远忘不掉这两只有着鲜红裂口的手！她有自己的感情，自己的脾气，这些都充分表示出一个北方农民的固执与倔强。但我在黄昏的灯下却常听到她不时吐出的叹息了。我从小就是孤独的。在我小小的心里，一向感觉到缺少点儿什么。我虽然从没叹息过，但叹息却堆在我的心里。现在听了她的叹息，我的心仿佛得到被解脱的痛快。我愿意听这样的低咽的叹息从这垂老的人的嘴里流出来。在她，不知因为什么，闲下来的时候，也总爱找着我说话。她告诉我，她的丈夫是她村里唯一的秀才，但没能捞上一个举人就死去了。她自己被家里的妯娌们排挤，不得已才出来做佣工。有一个儿子，因为乡里没有饭吃，到关外做买卖去了。留下一个媳妇在这大城里，似乎也不大正经。她又告诉我，她年轻的时候，怎样刚强，怎样有本领，和许多别的美德；但谁又知道，在垂老的暮年又被迫着走出来谋生，只落得几声叹息呢？

以后，这叹息就时时可以听到。她特别注意到我衣服寒暖。在冬天里，她替我暖，在夏夜里，她替我用大芭蕉扇赶蚊子。她仍然照常地提着篮子出去买菜，冬天早晨用开了鲜红裂口的手生炉子。当夜来香开花的时候，又可以看到她郑重其事地数着花朵。但在不寐的中夜里，晚秋的黄昏里，却连续听到她的叹息，这叹息在沉寂里回荡着，更显得凄冷了。她仿佛时常有话要说。被追问的时候，却什么也不说，脸上只浮起一片惨笑。有时候有意与无意之间，又说到她年轻时候的倔强，她的秀才丈夫。往往归结说到她在关外做买卖的儿子。我们都可以看出来，这老人怎样把暮年的希望和幻想放在她儿子身上。我也曾替她写过几封信给她的儿子，但终于也没能得到答复。这老人心里的悲哀恐怕只有她一个人知道了。

　　不记得是哪一年，在夏天，又是夜来香开花的时候，她儿子来了信。信里说的，却并不像她想的那样满意，只告诉她，他在关外勤苦几年挣的钱都给别人骗走了；他因为生气，现在正病着，结尾说："倘若母亲还要儿子的话，就请汇钱给我回家。"这样一封信给她怎样的影响，我们大概都可以想象得出。连着叹了几口气以后，她并没说什么话，但脸色却更阴沉了。这以后，没有叹气，我们只看到眼泪。

　　我前面不是说，我渐渐从朦胧里走向光明里去么？现在我眼前似乎更亮了。我看透了一些事情：我知道在每个人嘴角常挂着的微笑后面有着怎样的冷酷；我看出大部分的人们都给同样黑暗的命运支配着。王妈就在这冷酷和黑暗的命运下呻吟着活下来。我看透了这老人的眼泪里有着无量的凄凉。我也了解了她的寂寞。

在这时候，我们又搬了一次家，只不过从这条铺满了石头的街的中间移到南头。王妈仍然跟了来。房子比以前好一点儿，再看不到四壁的雨痕和蜘蛛。每座屋子也都有了两个以上的窗子，而且窗子上还有玻璃。尤其使我满意的是西屋前面两棵高过房檐的海棠。时候大概是春天，因为才搬进来的时候，树上还开满着一团团的花。就在这一年的夏天，大概因为院子大了一点儿吧，满院里，除了一个大水缸养着子午莲和几十棵凤仙花和其他杂花以外，便只看到一丛丛的夜来香。我现在已经不是孩子，有许多地方要摆出安详的样子来；但在夏天的黄昏时候，却仍然做着孩子时候做的事情。我坐在院子里数着天上飞来飞去的蝙蝠。看着夜色慢慢织入夜来香丛里，一片朦胧的薄暗。一眨眼，眼前已经是一片黄黄的伞似的花了。跟着又有幽香流过来。夜里同蚊子打过了仗，好容易睡过去。各样的梦做过了以后，从飘忽的梦境里转来的时候，往往可以看到窗上有点儿白，听到嗡嗡的纺车的声音。走出去，就可以看到王妈的黑大的投在墙上的影子在合着夜来香的影子晃动了。

王妈更老了。但我仍然只看到她的眼泪。在她高兴的时候，她又谈到她的秀才丈夫，她的不大正经的儿媳妇和她病倒在关外的儿子。她仍然提着篮子出去买菜，冬天老早起来生炉子，从她走路的样子上看来，她真有点儿老了；虽然她自己在别人说她老的时候还在竭力否认着。她有颗简单纯朴的心。因了年纪更大的关系，这颗心似乎就更纯朴简单。往往因为少得了一点儿所应得的东西,我们就可以看到她的干瘪了的嘴并拢在一起,腮鼓着。似乎要有什么话从里面流了出来。然而在这样的情形下往往是没有什么流出的。倘若有人意外地给了她点儿什么,我们也可以意外地看到这老人从心里流出来的快意的笑了。她不会做荒唐的梦,极小的得失就可以支配她的感情。她有一颗简单的心。

　　日子一天一天地过去,这寂寞的老人就在这寂寞里活下去。上天给了她一个爽直的性情,使她不会向别人买好,不会在应当转圈的时候转圈。因为这,在许多极琐碎的事情上,她给了别人一点儿小小的不痛快,她自己却得到一个更大的不痛快。这时候,我们就见她在把干瘪了的嘴并拢以后,又在暗暗地流着眼泪了。我们都知道,这眼泪并不像以前想到她儿子时的那眼泪那样有意义。这样的眼泪流多了,顶多不过表示她在应当流的泪以外,还有多余的泪,给自己一点儿轻松。泪流过了不久,就可以看到她高兴地在屋里来来往往地做着杂事了。她有一颗同孩子一样的简单的心。

　　在没搬家过来以前,我已经到一个在城外的四面满是湖田和荷池的学校里去读书,就住在那里。只在星期日回家一次。在学校里死沉的空气里住过六天以后,到家里觉得仿佛到了另一个世界。进门先看到王妈欢乐的微笑。等到踏着暮色走回去的时候,心里竟觉得意外地轻松。这样的情形似乎也延长不算很短的一个期间。虽然我自己的心情随时都有着变化,生活却显得惊人地单调。回看花开花落,听老先生沙着声念古文，拼命地在饭堂里抢馒头，感情冲动的时候，也热烈地同别人打架，时间也就慢慢地过去。

又忘记了是多少时候以后，是星期日，当时我从学校里走回家去的时候，我看到一个黄瘦、个儿很高的中年男子在替我们搬移着桌子之类的东西。旁人告诉我，这就是王妈的儿子。几个月以前她把储蓄了几年的钱都汇给他，现在他居然从关外回到家来了。但带回来的除了一床破棉被以外，就剩了一个有着几乎各类的一个他那样用自己的力量来换面包的中年人所能有的病的身子和一双连霹雳都听不到的耳朵。但终于是个活人，是她的儿子，而且又终于回到家里来了。

王妈高兴。在垂暮的老年，自己的独子，从迢迢的塞外回到她跟前来，这样奇迹似的遭遇怎能不使她高兴呢？说到儿子的身体和病，她也会叹几口气，但儿子终于是儿子，这叹息掩不过她的高兴的。不久，她那不大正经的媳妇也不知从哪里名正言顺地找了来，于是一个小家庭就组成了。儿子显然不能再干什么重劳力的活儿了，但是想吃饭除了劳力之外又似乎没有第二条路可走。在我第二星期回到家里来的时候，就看到她那说话也需要打手势的儿子在咳嗽着一出一进地挑着满桶的水卖钱了。

这以后，对王妈，对我们家里的人，有一个惊人的大转变。从她那里，我们再听不到叹息，看不到眼泪，看到的只有微笑。有时儿子买了一个甜瓜或柿子，甚至几个小小的梨，拿来送给母亲吃。儿子笑，不说话；母亲也笑，更不说话。我们都可以看出来这笑怎样润湿了这老人的心。每逢过节，或特别日子的时候，儿子把母亲接回家去。当吃完儿子特别预备的东西走回来的时候，这老人脸上闪着红光，提着篮子买菜也更带劲，冬天早晨也更起得早。生命对她似乎是一杯香醪。她高兴地活下去，没有了寂寞，也没有了凄凉，即便再说到她丈夫的时候，也只有含着笑骂一声："早死的死鬼！"接着就兴高采烈地夸起自己年轻时的美德来了。我们都很高兴。我们眼看着这老人用手捉住自己的希望和幻想。辛勤了几十年，现在这希望才在她心里开成了花。

　　日子又平静地过下去。微笑似乎没离开过她。这老人正做着一个天真的梦。就这样差不多过了一年的时间。中间我还在家里住了一个暑假，每天黄昏时候，躺在院子里的竹床上，数着天上的蝙蝠。夜来香每天照例一闪便开了。我们欣赏着花的香，王妈更起劲地像煞有介事似的数着每天开过的花。但在暑假过了以后，当我再每星期日从学校里走回家来的时候，我看到空气似乎有点儿不同。从王妈那里我又常听到叹息了。她又找着我说话，她告诉我，儿子常生病，又聋。虽然每天拼命挑水，在有点儿近于接受别人恩惠的情形下接了别人的钱，却连肚皮也填不饱。这使他只有更拼命；然而结果，在已经有了的病以外，又添了其他可能的新病。儿媳妇也学上了许多新的譬如喝酒抽烟之类的毛病。她丈夫自然不能满足她；凭了自己的机警，公然在她丈夫面前同别人调情，而且又进一步姘居起来了。这老人早起晚睡侍候别人颜色挣来的钱,以前是被严谨地锁在一个箱子里的,现在也慢慢地流出来,换成面包,填充她儿子的肚皮了。她为儿子的病焦灼,又生媳妇的气;却没办法。这有一颗简单的心的老人只好叹息了。

儿子病的次数加多起来,而且也厉害起来。在很短的期间,这叹息就又转成眼泪了。以前是因为有幻想和希望而不能捉到才流泪;现在眼看着幻想和希望要在自己手里破碎,这泪当然更沉痛了。我虽然不常在家里,但常听人们说到,每次她从儿子那里回来的时候,总带回来惊人多的叹息和眼泪。问起来,她就说到儿子怎样病,几天不能挑水,柴米没有,媳妇也不知道跑到什么地方去了。于是在静寂的中夜里,就又常听到她低咽的暗泣。她现在再也没有心绪谈到她的秀才丈夫,夸耀自己年轻时的美德,处处都表示出衰老的样子。流泪成了日常的工作;泪也终于流不完。并没延长了多久,她有了病,眼也给一层白膜障上了。她说,她不想死。真的,随处都表示出,她并不想死。她请医生,供神水,喝符,用大葱叶包起七个活着的蜘蛛生生吞下去,以及一切的偏方正方。为了自己的身子,她几乎忘掉了一切。大约有几个月以后吧,身子好了,却只剩下了一只眼。

她更显得衰老了。腰佝偻着,剩下的一只眼似乎也没有什么大用。走路的时候,只是用手摸索着走上去。每次我看她拿重一点儿的东西而曲着背用力的时候,看到她从儿子那里回来含着泪慢慢地踱进自己的幽暗的小屋里去的时候,我真想哭。虽然失掉一只眼睛,但并没有失掉了固有的性情,她仍然倔强,仍然不会买好,不会在应当转圈的时候转圈;也就仍然常常碰到点儿小不痛快,流两次无所谓的眼泪。她同以前一样,有着一颗简单又纯朴的心。

  四年前,为了一个近于荒诞的理想,我从故乡来到这辽远的故都里。我看到的自然是另一个新的世界,但这世界却不能吸引着我;我时常想到王妈,想到她数夜来香的神情,想到她红萝卜似的开了鲜红裂口的手。第一年寒假回家的时候,迎着我的是她的欢迎的微笑。只有我了解她这笑是怎样勉强做出来的。前年的冬天,我又回家去。照例一阵微微的晕眩以后,我发现家里少了一个人,以前笑着欢迎我的王妈到哪里去了呢?问起来,才知道这老人已经回老家去了。在短短的半年里,她又遭遇到许多不如意的事情。因为看到放在儿子身上的希望和幻想渐渐渺茫起来,又因为自己委实得有点老了,于是就用勉强存起来的一点儿钱在老家托人买了一口棺材。这老人已经看透了自己一生决定了不过是这么回事;趁着没死的时候,预备点儿东西,过一个痛快的死后的生活吧。但这口棺材却毫无理由地被她一个先死去的亲戚占去了。从年轻时候守节受苦,到垂老的暮年出来佣工,辛苦了一生,老把自己的希望和幻想拴在儿子身上,结果是幻灭;好容易自己又制了一个死后的美丽的梦,现在又给打碎了。她不懂怎样去诉苦,也没人可诉。这颗经了七十年痛创的简单又纯朴的心能容得下这些破损吗?她终于病倒了。

正要带着儿子和媳妇回老家去养病的时候,儿子竟然经不起病的摧折死去了。我不忍去想象,悲哀怎样啮着这老人的心。她终于回了家。我们家里派了一个人去送她。临走的时候,她还带着恳乞的神气说:"只要病好了,我还回来。"生命的火还在她心里燃烧着,她不想死的。在严冬的大风雪里,在灰暗的长天下,坐在一辆独轮小车上,一个垂老的人,带了自己独子的棺材,带了一个艰苦地追求了一辈子而终于得到的大空虚,带了一颗碎了的心,回到自己的故乡去,把一切希望和幻想都抛到后面,人们大概总能想象到这老人的心情吧!我知道会有种种的幻影在她眼前浮掠,她会想到过去自己离开家时的情景,然而现在眼前明显摆着的却是一个不可避免的黑洞,一切就都归到这洞里去。车走上一个小木桥的时候,忽然翻下河去,这老人也被倾到水里。被人捞上来的时候,浑身都结了冰。她自己哭了,别人也都哭起来。人生到这样一个地步,还有什么话可以说呢?这纯朴的老人也不能不咒骂自己的命运了。

　　我不忍去想象,她怎样在那穷僻的小村里活着的情形。听人说,剩下的一只眼睛也哭得失了明。自己的房子已经卖给别人,只好借住在亲戚家里。一闭眼,我就仿佛能看到她怎样躺到床上呻吟,但没有人去理会她;她怎样起来沿着墙摸索着走,她怎样呼喊着老天。她的红萝卜似的开了裂口流着红血的手在我眼前颤动……以前存的钱一个也没能剩下,她一定会回忆到自己困顿的一生,受尽人们的唾弃,老年也还免不了早起晚睡侍候别人的颜色；到死却连自己一点儿无论怎样不能成为希望和幻想的希望和幻想都一个不剩地破碎了去。过去的黑影沉重地压在她心头。人到欲哭无泪的地步，还有什么话可说呢？我听不到她的消息，我只有单纯地有点近于痴妄地希望着，她能好起来，再回到我们家里去。

但这岂是可能的呢？第二年暑假我回家的时候，就听人说，王妈死了。我哭都没哭，我的眼泪都堆在心里，永远地。现在我的眼前更亮，我认识了怎样叫人生，怎样叫命运。小小的院子里仍然挤满了夜来香。黄昏里我仍然坐在院子里的竹床上，悲哀沉重地压住了我的心。我没有心绪再数蝙蝠了。在沉寂里，夜来香自己一闪一闪地开放着，却没有人再去数它们。半夜里，当我再从飘忽的梦境里转来的时候，看不到窗上的微微的白光，也再听不到嗡嗡的纺车的声音，自然更看不到照在四面墙上的黑而大的影子在合着历乱的枝影晃动。一切都死样的沉寂。我的心寂寞得像古潭。第二天早晨起来的时候，整夜散放着幽香的夜来香的伞似的黄花枝枝都枯萎了。没了王妈，夜来香哪能不感到寂寞呢？

1935 年

母与子

　　一想到故乡，就想到一个老妇人。我自己也觉得奇怪：干皱的面纹，霜白的乱发，眼睛因为流泪多了镶着红肿的边，嘴瘪了进去。这样一张面孔，看了不是很该令人不适意的吗？为什么它总霸占住我的心呢？但是再一想到，我是在怎样的一个环境里遇到了这老妇人，便立刻知道，她不但现在霸占住我的心，而且要永远地霸占住了。

　　现在回忆起来，还恍如眼前的事——去年的初秋，因为母亲的死，我在火车里闷了一天，在长途汽车里又颠荡了一天以后，又回到八年没曾回过的故乡去。现在已经不能确切地记得是什么时候，只记得我才到故乡的时候，树丛里还残留着一点浮翠；当我离开的时候就只有淡远的长天下一片凄凉的黄雾了。就在这浮翠里，我踏上印着自己童年游踪的土地。当我从远处看到自己的在烟云笼罩下的小村的时候，想到死去的母亲就躺在这烟云里的某一个角落里，我不能描写我的心情。像一团烈焰在心里烧着，又像严冬的厚冰积在心头。我迷惘地撞进了自己的家，在泪光里看着一切都在浮动。我更不能描写当我看到母亲的棺材时的心情。几次在梦里接受了母亲的微笑，现在微笑的人却已经睡在这木匣子里了。有谁有过同我一样的境遇么？他大概知道我的心是怎样地绞痛了。我哭，我哭到一直不知道自己是在哭。渐渐地听到四周有嘈杂的人声围绕着我，似乎都在劝解我，都叫着我的乳名，自己听了，在冰冷的心里也似乎得到了点儿温热。又经过了许久，我才睁开眼。看到了许多以前熟悉现在都变了但也还能认得出来的面孔。除了自己家里的大娘婶子以外，我就看到了这个老妇人：干皱的面纹，霜白的乱发，眼睛因为流泪多了镶着红肿的边，嘴瘪了进去……

她就用这瘪了进去的嘴，一凹一凹地似乎对我说着什么话。我只听到絮絮的扯不断拉不断仿佛念咒似的低声，并没有听清她对我说的什么。等到阴影渐渐地从窗外爬进来，我从窗棂里看出去，小院里也织上了一层朦胧的暗色。我似乎比以前清楚了点儿，看到眼前仍然挤着许多人。在阴影里，每个人摆着一张阴暗苍白的面孔，却看不到这一凹一凹的嘴了。一打听，才知道，她就是同村的算起来比我长一辈的，应该叫做大娘之流的，我小时候也曾抱我玩过的一个老妇人。

以后，我过的是一个极端痛苦的日子。母亲的死使我对一切都灰心。以前也曾自己吹起过幻影：怎样在十几年的漂泊生活以后，回到故乡来，听到母亲的一声含有温热的呼唤，仿佛饮一杯甘露似的，给疲惫的心加一点儿生气，然后再冲到人世里去。现在这幻影终于证实了是个幻影。我现在是处在怎样一个环境里呢——寂寞冷落的屋里，墙上满布着灰尘和蛛网。正中放着一个大而黑的木匣子。这匣子装走了我的母亲，也装走了我的希望和幻影。屋外是一个用黄土堆成的墙围绕着的天井。墙上已经有了几处倾地的缺口，上面长着乱草。从缺口里看出去是另一片黄土的墙，黄土的屋顶，黄土的街道，接连着枣林里的一片淡淡的还残留着点绿色的黄雾，枣林的上面是初秋阴沉的也有点黄色的长天。我的心也像这许多黄的东西一样地黄，也一样地阴沉。一个丢掉希望和幻影的人，不也正该丢掉生趣吗？

我的心，虽然像黄土一样的黄，却不能像黄土一样的安定。我被圈在这样一个小的天井里：天井的四周都栽满了树，榆树最多，也有桃树和梨树，每棵树上都有母亲亲自砍伐的痕迹。在给烟熏黑了的小厨房里，还有母亲没死前吃剩的半个茄子，半棵葱。吃饭用的碗筷，随时用的手巾，都印有母亲的手泽和口泽。在地上的每一块砖上，每一块土上，母亲在活着的时候每天不知道要踏过多少次。这活着，并不邈远，一点儿都不；只不过是十天前。十天算是怎样短的一个时间呢？然而不管怎样短，就在十天后的现在，我却只看到母亲躺在这黑匣子里。看不到，永远也看不到，母亲的身影再在榆树和桃树中间，在这砖上，在黄的墙、黄的枣林、黄的长天下游动了。

虽然白天和夜仍然交替着来，我却只觉到有夜。在白天，我有颗夜的心。在夜里，夜长，也黑，长得莫名其妙，黑得更莫名其妙；更黑的还是我的心。我枕着母亲枕过的枕头，想到母亲在这枕头上想到她儿子的时候不知道流过多少泪，现在却轮到我枕着这枕头流泪了。凄凉零乱的梦萦绕在我的四周，我睡不熟。在朦胧里睁开眼睛，看到淡淡的月光从门缝里流进来反射在黑漆的棺材上的清光。在黑影里，又浮起了母亲凄冷的微笑。我的心在战栗，我渴望着天明。但夜更长，也更黑，这漫漫的长夜什么时候过去呢？我什么时候才能看到天光呢？

时间终于慢慢地走过去——白天里悲痛袭击着我，夜间里黑暗压住了我的心。想到故都学校里的校舍和朋友，恍如回望云天里的仙阙，又像捉住了一个荒诞的古代的梦。眼前仍然是一片黄土色，每天接触到的仍然是一张张阴暗灰白的面子。他们虽然都用天真又单纯的话和举动来对我表示亲热，但他们哪能了解我这一腔的苦水呢？我感觉到寂寞。

就在这时候，这老妇人每天总到我家里来看我。仍然是干皱的面纹，霜白的乱发，眼睛镶着红肿的边，嘴瘪了进去。就用这瘪了进去的嘴一凹一凹地絮絮地说着话，以前我总以为她说的不过是同别人一样的劝解我的话，因为我并没曾听清她说的什么。现在听清了，才知道这一凹一凹的嘴里发出的并不是我想的那些话。她老向我问着外面的事情，尤其很关心地问着军队的事情，对于我母亲的死却一句也不提。我很觉到奇怪，我不明了她的用意。我在当时那种心情之下，有什么心绪同她闲扯呢？当她絮絮地扯不断拉不断地仿佛念咒似的说着话的时候，我仍然看到母亲的面影在各处飘，在榆树旁，在天井里，在墙角的阴影里。寂寞和悲哀仍然霸占住我的心。我有时也答应她一两句。她于是就絮絮地说下去，说，她怎样有一个儿子，她的独子，三年前因为在家没有饭吃，偷跑了出去当兵。去年只接到了他的一封信，说是不久就要开到不知道哪里去打仗。到现在又一年没信了。留下一个媳妇和一个孩子（说着指了指偎在她身旁的一个肮脏的拖着鼻涕的小孩）。家里又穷，几年来年成又不好，媳妇时常哭……问我知道不知道他在什么地方。说着，在叹了几口气以后，晶莹的泪点顺着干皱的面纹流下来，流过一凹一凹的嘴，落到地上去了。我知道，悲哀怎样啃着这老妇人的心。本来需要安慰的我也只好反过头来，安慰她几句，看她领着她的孙子沿着黄土的路踽踽地走去的渐渐消失的背影。

　　接连着几天的过午，她总领着她孙子来看我。她这孙子实在不高明，肮脏又淘气。他死死地缠住她，但是她却一点儿都不急躁。看着她孙子的拖着鼻涕的面孔，微笑就浮在她这瘪了进去的嘴旁。拍着他，嘴里哼着催眠曲似的歌。我知道，这单纯的老妇人怎样在她孙子身上发现了她儿子。她仍然絮絮地问着我，关于外面军队里的事情。问我知道她儿子在什么地方不。我也很想在谈话间隔的时候，问她一问我母亲活着时的情形，好使我这八年不见面的渴望和悲哀的烈焰消熄一点儿。她却只"唔唔"两声支吾过去，仍然絮絮地扯不断拉不断地仿佛念咒似的自己低语着，说她儿子小的时候怎样淘气，有一次，他打碎一个碗，她打了他一掌，他哭得真凶呢。大了怎样不正经做活。说到高兴的地方，也有一丝微笑掠过这干皱的脸。最后，又问我知道她儿子在什么地方不。我发见了这老妇人出奇地固执。我只好再安慰她两句。在黄昏的微光里,送她出去,眼看着她领着她的孙子在黄土道上踽踽地凄凉地走去,暮色压在她的微驼的背上。

就这样,有几个寂寞的过午和黄昏就度过了。间或有一两天,这老妇人因为有事没来看我。我自己也受不住寂寞的袭击,常出去走走。紧靠着屋后是一个大坑,汪洋一片水,有外面的小湖那样大。是秋天,前面已经说过。坑里丛生着的芦草都顶着白茸茸的花。望过去,像一片银海。芦花的里面是水。从芦花稀处,也能看到深碧的水面。我曾整个过午坐在这水边的芦花丛里,看水面反射的静静的清光。间或有一两条小鱼冲出水面来唼喋着。一切都这样静。母亲的面影仍然浮动在我眼前。我想到童年时候怎样在这里洗澡;怎样在夏天里,太阳出来以前,水面还发着蓝黑色的时候,沿着坑边去摸鸭蛋;倘若摸到一个的话,拿给母亲看的时候,母亲的微笑怎样在当时的童稚的心灵里开成一朵花;怎样又因为淘气,被母亲在后面追打着,当自己被逼紧了跳下水去站在水里回头看岸上的母亲的时候,母亲却因了这过分顽皮的举动,笑了,自己也笑……然而这些美丽的回忆,却随了母亲给死吞噬了去,只剩了一把两把的眼泪。我要问,母亲怎么会死了?我究竟是什么东西?但一切都这样静。我眼前闪动着各种的幻影。芦花流着银光,水面上反射着青光,夕阳的残晖照在树梢上发着金光:这一切都混杂地搅动在我眼前,像一串串的金星,又像迸发的火花。里面仍然闪动着母亲的面影,也是一串串的——我忘记了自己,忘记了一切,像浮在一个荒诞的神话里,踏着暮色走回家了。

　　有时候,我也走到场里去看看。豆子谷子都从田地里用牛车拖了来,堆成一个个小山似的垛。有的也摊开来在太阳里晒着。老牛拖着石碾在上面转,有节奏地摆动着头。驴子也摇着长耳朵在拖着车走。在正午的沉默里,只听到豆荚在阳光下开裂时毕剥的响声和柳树下老牛的喘气声。风从割净了庄稼的田地里吹了来,带着土的香味。一切都沉默。这时候,我又往往遇到这个老妇人,领着她的孙子,从远远的田地里顺着一条小路走了来,手里间或拿着几支玉蜀黍秸,霜白的发被风吹得轻微地颤动着。一见了我,立刻红肿的眼睛里也仿佛有了光辉,站住便同我说起话来。嘴一凹一凹地说过了几句话以后,立刻转到她的儿子身上。她自己又低着头絮絮地扯不断拉不断地仿佛念咒似的说起来。又说到她儿子小的时候怎样淘气。有一次他摔碎了一个碗,她打了他一掌,他哭得真凶呢。他大了又怎样不正经做活。说到高兴的地方,干皱的脸上仍然浮起微笑。接着又问到我外面军队上的情形,问我知道他在什么地方、见过他没有。她还要我保证,他不会被人打死的。我只好再安慰安慰她,说我可以带信给他,叫他家来看她。我看到她那一凹一凹的干瘪的嘴旁又浮起了微笑。旁边看的人,一听到她又说这一套,早走到柳荫下看牛去了。我打发她走回家去,仍然让沉默笼罩着这正午的场。

这样也终于没能延长多久。在由一个乡间的阴阳先生按着什么天干地支找出的所谓"好日子"的一天，我从早晨就穿了白布袍子，听着一个人的暗示。他暗示我哭，我就伏在地上咧开嘴号啕地哭一阵，正哭得淋漓的时候，他忽然暗示我停止，我也只好立刻收了泪。在收了泪的时候，就又可以从泪光里看来来往往的各样的吊丧的人，也就号啕过几场，又被一个人牵着东走西走。跪下又站起，一直到自己莫名其妙，这才看到有几十个人去抬母亲的棺材了——这里，我不愿意，实在是不可能，说出我看到母亲的棺材被人抬动时的心痛。以前母亲的棺材在屋里，虽然死仿佛离我很远，但只隔一层木板里面就躺着母亲。现在却被抬到深的永恒黑暗的洞里去了。我脑筋里有点糊涂。跟了棺材沿着坑走过了一段长长的路，到了墓地。又被拖着转了几个圈子……不知怎样脑筋里一闪，却已经给人拖到家里来了。又像我才到家时一样，渐渐听到四周有嘈杂的人声围绕着我，似乎又在说着同样的话。过了一会儿，我才听到有许多人都说着同样的话，里面杂着絮絮地扯不断拉不断地仿佛念咒似的低语。我听出是这老妇人的声音，但却听不清她说的什么，也看不到她那一凹一凹的嘴了。

在我清醒了以后，我看到的是一个变过的世界。尘封的屋里，没有了黑亮的木匣子。我觉得一切都空虚寂寞。屋外的天井里，残留在树上的一点浮翠也消失到不知哪儿去了。草已经都转成黄色，耸立在墙头上，在秋风里打颤。墙外一片黄土的墙更黄；黄土的屋顶，黄土的街道也更黄；尤其黄的是枣林里的一片黄雾，接连着更黄更黄的阴沉的秋的长天。但顶黄顶阴沉的却仍然是我的心。一个对一切都感到空虚和寂寞的人，不也正该丢掉希望和幻影吗？

又走近了我的行期。在空虚和寂寞的心上，加上了一点儿绵绵的离情。我想到就要离开自己漂泊的心所寄托的故乡。以后，闻不到土的香味。看不到母亲住过的屋子、母亲的墓，也踏不到母亲曾经踏过的地。自己心里说不出是什么味。在屋里觉得窒息，我只好出去走走。沿着屋后的大坑踱着。看银耀的芦花在过午的阳光里闪着光，看天上的流云，看流云倒在水里的影子。一切又都这样静。我看到这老妇人从穿过芦花丛的一条小路上走了来。霜白的乱发，衬着霜白的芦花，一片辉耀的银光。极目苍茫微明的云天在她身后伸展出去，在云天的尽头，还可以看到一点点的远村。这次没有领着她的孙子。神气也有点匆促，但掩不住干皱的面孔上的喜悦。手里拿着有一点儿红颜色的东西，递给我，是一封信。除了她儿子的信以外，她从没接到过别人的信。所以，她虽然不认字，也可以断定这是她儿子的信。因为村里人没有能念信的，于是赶来找我。她站在我面前，脸上充满了微笑，红肿的眼里也射出喜悦的光，瘪了进去的嘴仍然一凹一凹地动着，但却没有絮絮的念咒似的低语了。信封上的红线因为淋过雨扩成淡红色的水痕。看邮戳，却是半年前在河南南部一个做过战场的县城里寄出的。地址也没写对，所以经过许多时间的辗转。但也居然能落到这老妇人手里。我的空虚的心里,也因了这奇迹,有了点儿生气。拆开看,寄信人却不是她儿子,是另一个同村的跑去当兵的。大意说,她儿子已经阵亡了,请她找一个人去运回他的棺材——我的手战栗起来。这不正给这老妇人一个致命的打击吗?我抬眼又看到她脸上抑压不住的微笑。我知道这老人是怎样切望得到一个好消息。我也知道,倘若我照实说出来,会有怎样一幅悲惨的景象展开在我眼前。我只好对她说,她儿子现在很好,已经升了官,不久就可以回家来看她。她喜欢得流下眼泪来。嘴一凹一凹地动着,她又扯不断拉不断地絮絮地对我说起来。不厌其详地说到她儿子各样的好处;怎样她昨天夜里还做了一个梦,梦着他回来。我看到这老妇人把信揣在怀里转身走去的渐渐消失的背影,我再能说什么话呢?

第二天,我便离开我故乡里的小村。临走,这老妇人又来送我。领着她的孙子,脸上堆满了笑意。她不管别人在说什么话,总絮絮地扯不断拉不断地仿佛念咒似的自己低语着。不厌其详地说到她儿子的好处,怎样她昨天夜里还做了一个梦,梦见她儿子回来,她儿子已经升成了官了。嘴一凹一凹地急促地动着。我身旁的送行人的脸色渐渐有点露出不耐烦,有的也就躲开了。我偷偷地把这信的内容告诉别人,叫他在我走了以后慢慢地转告给这老妇人,或者简直就不告诉她。因为,我想,好在她不会再有许多年的活头,让她抱住一个希望到坟墓里去吧。当我离开这小村的一刹那,我还看到这老妇人的眼睛里的喜悦的光辉,干皱的面孔上浮起的微笑……

不一会儿,回望自己的小村,早在云天苍茫之外,触目尽是长天下一片凄凉的黄雾了。

在颠簸的汽车里,在火车里,在驴车里,我仍然看到这圣洁的光辉,圣洁的微笑,那老妇人手里拿着那封信。我知道,正像装走了母亲的大黑匣子装走了我的希望和幻影,这封信也装走了她的希望和幻影。我却又把这希望和幻影替她拴在上面,虽然不知道能拴得久不。

经过了萧瑟的深秋,经过了阴暗的冬,看死寂凝定在一切东西上。现在又来了春天。回想故乡的小村,正像在故乡里回想到故都一样,恍如回望云天里的仙阙,又像捉住了一个荒诞的古代的梦了。这个老妇人的面孔总在我眼前盘桓:干皱的面纹,霜白的乱发,眼睛因为流泪多了镶着红肿的边,嘴瘪了进去。又像看到她站在我面前,絮絮地扯不断拉不断地仿佛念咒似的低语着,嘴一凹一凹地在动。先仿佛听到她向我说,她儿子小的时候怎样淘气,怎样有一次他摔碎了一个碗,她打了他一巴掌,他哭。又仿佛看到她手里拿着一封雨水渍过的信,脸上堆满了微笑,说到她儿子的好处,怎样她做了一个梦,梦着他回来……然而,我却一直没接到故乡里的来信。我不知道别人告诉她她儿子已经死了没有,倘若她仍然不知道的话,她愿意把自己的喜悦说给别人,却没有人愿意听。没有我这样一个忠实的听者,她不感到寂寞吗?

倘若她已经知道了，我能想象，大的晶莹的泪珠从干皱的面纹里流下来，她这瘪了进去的嘴一凹一凹地，她在哭，她又哭晕了过去……不知道她现在还活在人间没有——我们同样都是被厄运踏在脚下的苦人，当悲哀正在啃着我的心的时候，我怎忍再看你那老泪浸透你的面孔呢？请你不要怨我骗你吧，我为你祝福！

1934年4月1日

老 人

当我才从故乡来到这个大城市的时候，他已经是个老人了。我现在还记得，当时是骑驴来的。骑了两天，就到了这个大城市。下了驴，又随着父亲走了许多路，一直走得自己莫名其妙，才走到一条古旧的黄土街，我们就转进一个有石头台阶、颇带古味的大门里去，迎头是一棵大的枸杞树。因为当时年纪才八九岁，而且刚才走过的迷宫似的长长又曲折的街的影子还浮动在心头，所以一到屋里，眼前只一片花，没有看到一个人，定了定神，才看到了婶母。不久，就又在黑暗的角隅里，发现了这个老人，正在起劲地同父亲谈着话，灰白色的胡子在上下地颤动着。

他并没有什么特异的地方，但第一眼就在我心里印上了一个莫大的威胁。他给了我一个神秘的印象：白色稀疏的胡子，白色更稀疏的头发，夹着一张蝙蝠形的棕黑色的面孔，这样一个综合不是很能够引起一个八九岁的乡下孩子的恐怖的幻想吗？又因为初到一个生地方，晚上再也睡不宁恬，才卧下，就先想到故乡，想到故乡里的母亲。凄迷的梦萦绕在我的身旁，时时在黑暗里发见离奇的幻影。在这时候，这张蝙蝠形的面孔就浮动到我的眼前来，把我带到一个神秘的境地里去。在故乡里的时候，另外一些老人时常把神秘的故事讲给我听,现在我自己就仿佛走到那故事里面去,这有着蝙蝠形的脸的老人也就仿佛成了里面的主人了。

第二天绝早就起来,第一个遇到的偏又是这老人。我不敢再看他,我只呆呆地注视着那棵枸杞树,注视着细弱的枝条上才冒出的红星似的小芽,看熹微的晨光慢慢地照透那凌乱的枝条。小贩的叫卖声从墙外飘过来,但我不知道他们叫卖的什么。对我,一切都充满了惊异。故乡里小村的影子,母亲的影子,时时浮掠在我的眼前。我一闭眼,仿佛自己还骑在驴背上,还能听到驴子项下的单调的铃声,看到从驴子头前伸展出去的长长又崎岖的仿佛再也走不到尽头的黄土路。在一瞬间这崎岖的再也走不到尽头的黄土路就把自己引到这陌生的地方来。在这陌生的地方,现在(一个初春的早晨)就又看到这样一个神秘的老人在枸杞树下面来来往往地做着事。

在老人,却似乎没有我这样的幻觉。他仿佛很高兴,见了我,先打一个招呼,接着就笑起来;但对我这又是怎样可怕的笑呢?鲇鱼须似的胡子向两旁咧了咧,眼与鼻子的距离被牵掣得更近了,中间耸起了几条皱纹。看起来却更像一个蝙蝠,而且像一个跃跃欲飞的蝙蝠了。我害怕,我不敢再看他,他也就拖了一片笑声消逝在枸杞树的下面,留给我的仍然是蝙蝠形的脸的影子,混了一串串的金星,在我眼前晃动着,一直追到我的梦里去。

平凡的日子就这样在不平凡中消磨下去。时间的消逝终于渐渐地把我与他之间的隔膜磨去了。我从别人嘴里知道了关于他的许多事情,知道他怎样在年轻的时候从城南山里的小村里漂流到这个大城市里来;怎样打着光棍在一种极勤苦艰难的情况下活到现在;现在已是一个白须的人了,然而情况却更加艰难下去;不得已就借住在我们房子后院的一间草棚里,做着泥瓦匠。有时候,也替我们做点儿杂事。我发现,在那微笑下面隐藏着一颗怎样为生活磨透的悲苦的心。就因了这小小的发现,我同他亲近起来。他邀我到他屋里去。他的屋其实并不像个屋,只是一座靠着墙的低矮的小棚。一进门,仿佛走进一个黑洞里去,有霉湿的气息钻进鼻孔里。四壁满布着烟熏的痕迹,顶上垂下蛛网,只有一个床和一张三条腿的桌子。当我正要抽身走出来的时候,我忽然在墙龛里发现了一个肥大的大泥娃娃。他看了我注视这泥娃娃的神情,就拿下来送给我。我不了解,为什么这位奇异的老人还有这样的童心。但这泥娃娃却给了我无量的欣慰,我渐渐地觉得这蝙蝠形的脸也可爱起来了。

闲下来的时候,我也常随着他去玩。他领我上过圩子墙,从这上面可以看到南面云似的一列黛黑的山峰,这山峰的顶上是我的幻想常飞的地方;他领我看过护城河,使我惊讶这河里水的清和草的绿。但最常去的地方却还是出大门不远的一个古老的庙里,庙不大,院子里却栽了不少的柏树,浓荫铺满了地,给人森冷幽渺的感觉。阴暗的大殿里列着几座神像,封满了蛛网和尘土,头上有燕子垒的窠。我现在始终不明白，这样一座只能引起成年人们苍茫怀古的情绪的破庙会对一个八九岁的孩子有那样大的诱惑力，一个八九岁的孩子能懂得什么怀古呢？他几乎每天要领我到那里去，我每次也很高兴地随他去。在柏树下面，他讲故事给我听，怎样一个放牛的小孩遇到一只狼，又怎样脱了险，一直讲到黄昏才走回来，但每次带回来的都是满腔的欢欣。就这样，时间也就在愉快中消磨过去。

这年的初夏，我们搬了一次家。随了这搬家而得到的是关于他的一些趣闻。正像其他孤独的人们一样，这老人的心，在他过去的生命里恐怕有一个很不短的期间，都在忍受着孤独的啃噬。男女间最根本最单纯的要求也常迫促着他。终于因了机缘的凑巧，他认识了一个有丈夫而不安于平凡的单调的中年女人。从第一次见面起，会有些什么样的事情在两人间进行着，人们可以用想象去填补，这中年女人不缺少会吐出玫瑰花般的话的嘴，也不缺少含有无量魔力的眼波，这老人为她发狂了。但不久，就听到别人说，一个夜间，两个人被做丈夫的堵到一个屋里，这老人，究竟因为曾做过泥瓦匠，终于从窗户里跳出来，又越过一重墙逃走了。

这以后，人们的谈话常常转到他身上去。我每次见了这蝙蝠形的脸的老人的时候，只是忍不住想笑。我想象不出来这位面孔仿佛很严肃的老人在星光下爬墙逃走的情形。这蝙蝠形的脸还像平常一样地布满了神秘吗？这灰白的胡子还像平常一样地撅着吗？但老人却仍然像平常那样沉静严肃；他仍然要我听他讲故事，怎样一个放牛的小孩遇到一个狼，又怎样脱了险。我再也无心听他讲故事，我只想脱口问了出来；但终于抑压下去，把这个秘密埋在自己的心里，暗暗地玩味着这个秘密给予我的快乐。

老人的情况却愈加狼狈了。以前他住的那座黑洞似的草棚，现在再也在里面住不下去，只好移到以前常领我去玩的那个古庙里去存身。庙里从来没见过和尚和道士的踪影，现在就只有他一个人孤伶地陪着那些头上垒着燕子窝的泥塑的佛像住着。自从他搬了去以后，经过了一个长长的夏天，我没能见到他。在一个夏末的黄昏里，我到庙里去看他。庙仍然同从前一样的衰颓，柏树仍然遮蔽着天空。一进门，四周立刻寂静了起来，仿佛已经走出了嚣喧的人间。我看到老人的背影在大殿的一个角隅里晃动，他回头看到是我，仿佛很高兴，立刻忙着搬了一条凳子，又忙着倒水。从他那迟钝的步伐上、伛偻的身躯上看来，这老人确实老了。他向我谈着他这几个月来的情况。我悠然地注视着渐渐暗下来的天空，看夜色织入柏树丛里，又布上了神像。神像的金色的脸在灰暗里闪着淡黄的光。我的心陡然冷了起来，我的四周有森森的鬼气，我自己仿佛走到一个神话的境界里去。但老人却很坦然，他把这些东西已经看惯了，他仍然絮絮地同我谈着话。我的眼前有种种的幻象，我幻想着，在中夜里，一个人睡在这样一个冷寂的古庙里，偶尔从梦中转来的时候，看到一线凄清的月光射到这金面的神像上，射到这朱齿獠牙手持巨斧的大鬼身上,心里会有什么样的感觉呢?我的心愈加冷了起来。

但老人却正在谈得高兴。他告诉我,怎样自己再也不能做泥瓦匠,怎样同街住的人常常送饭给他吃,怎样近来自己的身体处处都显出弱像;叹了几口气之后,结尾却说到自己还希望能壮壮实实地活几年。他说,昨天夜里做了个梦,梦见自己托着一个太阳。人们不是说,梦见托太阳是个好朕兆吗?所以他很高兴,知道自己的身子就会慢慢地壮健起来。说这句话的时候,蝙蝠形的脸缩成一个奇异的微笑。从他的昏暗的眼里蓦地射出一道神秘的光,仿佛在前途还看到希望的幻影,还看到花。我为这奇迹惊住了。我不知道怎样回答他。抬头看外面已经全黑下来,我站起来预备走,当我走出庙门的时候,我好像从一个虚无缥缈的魔窟里走出来,我眼前时时闪动着老人眼里射出来的那一线充满了生命力的光。

看看闷人的夏天要转入淡远的凉秋去的时候,老人的情况更比以前艰苦起来,他得了病,一个长长的秋天就在病中度过去。病好了的时候,他变成了另一个人,身体佝偻得简直要折过去,随时嘴里都在哼哼着,面孔苍黑得像涂过了一层灰。除了哼哼和吐痰以外,他不再做别的事,只好在一种近于行乞的情况下把自己的生命延续下去。就这样过了年。第二年的夏天,听说我要到故都去,他特意走来看我。没进屋门,老远就听到哼哼的声音,坐下以后,在断断续续的哼声中好歹努着力迸出几句话来,接着又是成排的连珠似的咳嗽。蝙蝠形的脸缩成一个奇异的形状。我用一种带有怜悯的心情同他谈着话。我自己想，看样子生命在老人身上也不会存多久了。在谈话的空隙里，他低着头，眼光固定在地上。我蓦地又看到有同样神秘的光芒从他的眼里射了出来，他仿佛又在前途看到希望的幻影，看到花。我又惊奇了，但老人却仍然很镇定，坐了一会儿，又拖了自己孤伶的背影蹒跚地走回去。

到故都以后，我走到另一个世界里，许多新奇的事情占据了我的心，我早把老人埋在回忆的深黑的角隅里。第一次回家是在同一年的冬天。虽然只离开了半年，但我想，对老人的病躯，这已经是很够挣扎的一段长长的期间了。恐怕当时连这样思也不曾想过。我下意识地觉得老人已经死了，墓上的衰草正在严冬下做着春的梦。所以我也不问到关于他的消息。蓦地想起来的时候，心里只影子似的飘过一片淡淡的悲哀。但我到家后的第五天，正在屋里坐着看水仙花的时候，又听到窗外有哼哼的声音，开门进来的就是这老人。我的脑海里电光似的一闪，这对我简直像个奇迹，我惊愕得不知所措了。他坐下，又从断断续续的哼声中迸出几句套语来，接着仍然是成排的连珠似的咳嗽。比以前还要剧烈，当我问到他近来的情况的时候，他就告诉我，因为受本街流氓的排摈，他已经不能再在那个古庙里存身，就在那年的秋天，搬到一个靠近圩子墙的土洞里去，仍然有许多人送饭给他吃，我们家也是其中之一。叹了几口气之后，又说到虽然哼哼还没能去掉，但自己觉得身体却比以前好了，这也总算是个好现象，自己还希望能壮壮实实地再活几年，说完了，又拖着自己孤伶的背影蹒跚地走回去。

　　第二天的下午，我走去看他，走近圩子墙的时候，已经没了住的人家，只有一座座纵横排列着的坟，寻了半天，好歹在一个土崖下面寻到一个洞，给一扇秫秸编成的门挡住口。我轻轻地拽开门，扑鼻的一阵烟熏的带土味的气息，老人正在用干草就地铺成的床上躺着。见了我，似乎有点儿显得仓皇，要站起来，但我止住了他。我们就谈起话来。我从门缝里看到一片大大小小的坟顶。四周仿佛凝定了似的沉寂，我不由地幻想起来，在死寂的中夜里，当鬼火闪烁着蓝光的时候，这样一个垂死的老人，在这样一个地方，想到过去，看到现在，会有什么样的感想呢？这样一个土洞不正同坟墓一样吗？眼前闪动着种种的幻象，我的心里一闪，我立刻觉得自己现在就是在坟墓里，面前坐着的有蝙蝠形的脸和白须的老人就是一具僵尸，冷栗通过了我的全身。但我抬头看老人，他仍然同平常一样地镇定；而且在镇定中还加入了点儿悠然的意味。神秘的充满了生之力的光不时从眼里射出来。我的心乱了；我仿佛有什么东西急于了解而终于不了解似的，心里充满了疑惑；但又想不出究竟是什么。我不愿意再停留在这里，我顺着圩子墙颓然走回家里，在暗淡的灯光下，水仙花的芬芳的香气中，陷入了长长的不可捉摸的沉思。

　　不久，我又回到故都去。从这以后，第一次回家是在夏天，我以为老人早已死掉了；却看到他眼里闪熠着的充满了生之力的神秘的光。第二次回家是在另一个夏天，我又以为老人早已死掉了；但他又出现了，而且哼哼也更剧烈了；然而我又看到他眼里闪熠着充满了生之力的神秘的光。每次都给我一个极大的惊奇，但过后也就消逝了。就这样，一直到去年秋天，我在故都的生活告了一个结束，又回到这个城市里来。老人早已躲出我记忆之外，因为我直觉地确定地相信，他再也不会活在人间了。我不但不向家里人问到他，连以前有的淡淡的悲哀也不浮在我的心里来。然而在一个秋末的黄昏里，又听到他的低咽而幽抑的哼哼声从窗外飘进来；在带点儿悲凉凄清的晚秋的沉寂里，哼哼声更显得阴郁，仿佛想把过去生命里的一切哀苦全从这哼声里喷泄出来。我的心颤栗起来。我真想不到在过去遇到的许多奇迹之外，还有今天这样一个奇迹。我有点儿怕见他，但他终于走进来。衣服上满是土，头发凌乱得像秋草；态度仍然很镇定；脸色却更显得苍老，黧黑；腰也更显得伛偻。见了我，勉强做出一个笑容，接着就是一阵咳嗽；咳嗽间断的时候，就用哼哼来把空缝补上；同时嘴里还努力说着话，也已是些呓语似的声音。他告诉我，他来的时候走几步就得坐下休息一会儿，走了有一点钟才走到这里，当我问到他的身体的时候，他叹了口气，说，身体已经是不行了；昨天到庙里求了一个签，说他还能活几年，这使他非常高兴，他仍然希望能壮壮实实地再活几年，他不想死。我又看到有神秘的充满了生之力的光从他的昏暗的眼里射出来，他仿佛又在前途看到希望，看到花。我迷惑了，惘然地看着他拖着自己孤伶的背影走去。

　　从去年秋天到现在，在我的生命中是一个大的转变。我过的是同以前迥乎不同的生活。在学校里过了六天以后，照例要回到我不高兴回去的家里看看；因而也就常逢到老人。每见一次面，我总觉得老人的精神和身体都比上一次要坏些，哼哼也剧烈些。但我仍然一直见面见到现在，每次都看到他从眼里射出的神秘的光，这光，在我心里，连续地打着烙印。我并不愿意老人死，甚至连想到也会使我难过。但我却固执地觉得生命对他已经没了意义。从人生的路上跋涉着走到现在，过去是辛酸的，回望只见到灰白的一线微痕；现在又处在这样一个环境里；将来呢？只要一看到自己拖了孤伶的背影蹒跚地向前走着的时候，走向将来，不正是这样一个情景么？在将来能有什么呢？没有希望，没有花。但我抬头又看到我面前这位蝙蝠脸的老人，看到他低垂着注视着地面的眼光，充满了神秘的生命力，这眼光告诉我们，他永远不回头看，他只向前看，而且在前面他真的又看到闪烁的希望，灿烂的花。我迷惑了。对我，这蝙蝠脸是个谜，这从昏暗的眼里射出的神秘的光更是个谜。就在这两重谜里，这老人活在我的眼前，活在我的心里。谁知道这神秘的光会把他带到什么地方呢？

1935 年 5 月 2 日

两个乞丐

时间已经过去了七十多年,但是两个乞丐的影像总还生动地储存在我的记忆里,时间越久,越显得明晰。我说不出理由。

我小的时候,家里贫无立锥之地,没有办法,六岁就离开家乡和父母,到济南去投靠叔父。记得我到了不久,就搬了家,新家是在南关佛山街。此时我正上小学。在上学的路上,有时候会在南关一带,圩子门内外,城门内外,碰到一个老乞丐,是个老头儿,头发胡子全雪样地白,蓬蓬松松,像是深秋的芦花。偏偏脸色有点儿发红。现在想来,这决不会是由于营养过度,体内积存的胆固醇表露到脸上来。他连肚子都填不饱,哪里会有什么佳肴美食可吃呢?这恐怕是一种什么病态。他双目失明,右手拿一根长竹竿,用来探路;左手拿一只破碗,当然是准备接受施舍的。他好像是无法找到施主的大门,没有法子,只有亮开嗓子,在长街上哀号。他那种动人心魄的哀号声,同嘈杂的市声搅混在一起,在车水马龙中,嘹亮清澈,好像上面的天空、下面的大地都在颤动,唤来的是几个小制钱和半块窝窝头。

像这样的乞丐,当年到处都有。最初并没有引起我的注意。可是久而久之,我对他注意了。我说不出理由。我忽然在内心里对他油然起了一点儿同情之感。我没有见到过祖父,

| 贰 | 人间百态，皆是滋味

　　我不知道祖父之爱是什么样子。别人的爱，我享受得也不多。母亲是十分爱我的，可惜我享受的时间太短太短了。我是一个孤寂的孩子。难道在我那幼稚孤寂的心灵里在这个老丐身上顿时看到祖父的影子了吗？我喜欢在路上碰到他，我喜欢听他的哀号声。到了后来，我竟自己忍住饥饿，把每天从家里拿到的买早点用的几个小制钱，统统递到他的手里，才心安理得，算是了了一天的心事，否则就好像缺了点儿什么。当我的小手碰到他那粗黑得像树皮一般的手时，我心里说不出是什么滋味：怜悯、喜爱、同情、好奇混搅在一起，最终得到的是极大的欣慰。虽然饿着肚子，也觉得其乐无穷了。他从我手里接过那几个还带着我的体温的小制钱时，难道不会感到极大的欣慰，觉得人世间还有那么一点儿温暖吗？

　　这样大概过了没有几年，我忽然听不到他的哀叫声了。我觉得生活中缺了点儿什么。我放学以后，手里仍然捏着几个沾满了手汗的制钱，沿着他常走动的那几条街巷，瞪大了眼睛看，伸长了耳朵听。好几天下来，既不闻声，也不见人。长街上依然车水马龙，这老丐却哪里去了呢？我感到凄凉，感到孤寂。好几天心神不安。从此这个老乞丐就从我眼里消逝，永远永远地消逝了。

　　差不多在同时，或者稍后一点儿，我又遇到了另一个老乞丐，仅有一点不同之处：这是一个老太婆。她的头发还没有全白，但蓬乱如秋后的杂草。面色黧黑，满是皱纹，一点儿也没有老头儿那样的红润。她右手持一根短棍。因为她也是双目失明，棍子是用来探路的。不知为什么，她能找到施主的家门。我第一次见到她，就是在我家的二门外面。她从不在大街上叫喊，而是在门口高喊："爷爷！奶奶！可怜可怜我吧！"也许是因为，她到我们家来，从不会空手离开的，她对我们家产生了感情；所以，隔上一段时间，她总会来一次的。我们成了熟人。

据她自己说，她住在南圩子门外乱葬岗子上的一个破坟洞里。里面是否还有棺材，她没有说。反正她瞎着一双眼，即使有棺材，她也看不见。即使真有鬼，对她这个盲人也是毫无办法的。多么狰狞恐怖的形象，她也是眼不见，心不怕。这是一种什么样的日子，我今天回想起来，都有点儿觉得毛骨悚然。

不知道为什么，她竟然还有闲情逸致来种扁豆。她不知从哪里弄了点儿扁豆种子，就栽在坟洞外面的空地上，不时浇点儿水。到了夏天，扁豆是不会关心主人是否是盲人的，一到时候，它就开花结果。这个老乞丐把扁豆摘下来，装到一个破竹筐子里，拄上了拐棍，摸摸索索来到我家二门外面，照例地喊上几声。我连忙赶出来，看到扁豆，碧绿如翡翠，新鲜似带露，我一时吃惊得说不出话来。我当时还不到十岁，虽有感情，决不会有现在这样复杂、曲折。我不会想象，这个老婆子怎样在什么都看不到的情况下，刨土、下种、浇水、采摘。这真是一首绝妙好诗的题目。可是限于年龄，对这一些我都木然懵然。只觉得这件事颇有点儿不寻常而已。扁豆并不是什么名贵的东西，然而老乞丐心中有我们一家，从她手中接过来的扁豆便非常非常不寻常了。这一点我当时朦朦胧胧似乎感觉到了,这扁豆的滋味也随之大变。在我一生中,在那以前我从没有吃过那样好吃的扁豆,在那以后也从未有过。我于是真正喜欢上了这一个老年的乞丐。

然而好景不长,这样也没有过上几年。有一年夏天,正是扁豆开花结果的时候,我天天盼望在二门外面看到那个头发蓬乱、鹑衣百结的老乞丐。然而却是天天失望,我又感到凄凉,感到孤寂,又是好几天心神不宁。从此这一个老太婆同上面说的那一个老头子一样,在我眼前消逝了,永远永远地消逝了。

到了今天,时间已经过去了七十多年。我的年龄恐怕早已超过了当年这两个乞丐的年龄。不知道是为什么我又突然想起了他俩。我说不出理由。不管我表面上多么冷,我内心里是充满了炽热的感情的。但是当时我涉世未久,或者还根本不算涉世,人间沧桑,世态炎凉,我一概不懂。我的感情是幼稚而淳朴的,没有后来那一些不切实际的非常浪漫的想法。两位老乞在绝对孤寂凄凉中离开人世的情景,我想都没有想过。在当年那种社会里,人的心都是非常硬的,几乎人人都有一副铁石心肠,否则你就无法活下去。老行幼效,我那时的心,不管有多少感情,大概比现在要硬多了。唯其因为我的心硬,我才能够活到今天的耄耋之年。事情不正是这样子吗?

我现在已经走到了快让别人回忆自己的时候了。这两个老乞丐在我回忆中保留的时间也不会太久了。今天即使还有像我当年那样心软情富的孩子,但是人间已经换过,再也不会有那样的乞丐供他们回忆了。在我以后,恐怕再也不会出现我这样的人了。我心甘情愿地成为有这样回忆的最后一个人。

1992 年 12 月 26 日

两个小孩子

我喜欢小孩；但我不说那一句美丽到俗不可耐程度的话：小孩子是祖国的花朵。我喜欢就是喜欢，我曾写过《三个小女孩》，现在又写《两个小孩子》。

两个小孩子都姓杨，是叔伯姐弟，姐姐叫秋菊，六岁；弟弟叫秋红，两岁半。他们的祖母带着秋菊的父母，从河北某县的一个农村里，到北大来打工，当家庭助理，扫马路，清除垃圾。垃圾和马路都清除得一干二净，受到这一带居民的赞扬。

去年秋天的一天，我同我们的保姆小张出门散步，门口停着一辆清扫垃圾的车。一个小女孩在车架和车把上盘旋攀登，片刻不停。她那一双黑亮的吊角眼，透露着动人的灵气。我们都觉得这小孩异常可爱，便搭讪着同她说话。她毫不腼腆，边攀登，边同我们说话，有问必答。我们回家拿月饼给她吃，她伸手接了过去，咬了一口，便不再吃，似乎不太合口味。旁边一个青年男子，用簸箕把树叶和垃圾装入拖车的木箱里，看样子就是小女孩的父亲了。

从此我们似乎就成了朋友。

我们天天出去散步，十有八次碰上这个小女孩，我们问她叫什么名，她说："叫秋菊。"有时候秋菊见我们走来，从老远处就飞跑过来,欢迎我们。她总爱围着小张绕圈子转,我们问她为什么,她只嘿嘿地笑,什么话也不说,仍然围着小张绕圈子不停,两只吊角眼明亮闪光,满脸顽皮的神气。

秋菊对她家里人的工作情况和所得的工资了若指掌。她说,爸爸在勺园值夜班,冬天烧锅炉,白天到朗润园来清掏垃圾,用板车运送,倒入垃圾桶中。奶奶服侍一个退休教师,做饭,洗衣服,打扫卫生。妈妈在一家当保姆,顺便扫扫马路。这些事大概都是大人闲聊时说出来的。她从旁边听到,记在心中。她同奶奶住在一间屋里,早餐吃方便面,还有包子什么的。奶奶照顾她显然很好,她那红润丰满的双颊就足以证明。秋菊是一个幸福的孩子。

我们出来散步,也有偶尔碰不到秋菊的时候,此时我们真有点惘然若有所失。有时候,我们走到她奶奶住房的窗外,喊着秋菊的名字。在我们不注意间,她像一只小鹿连蹦带跳地从屋里跑了出来,又围着小张绕开了圈子,两只吊角眼明亮闪光,满脸顽皮的神气。

有一天,我们问秋菊愿意吃什么东西。她说,她最喜欢吃带木棍的糖球。我们问:

"把你卖了行不行?"

"行!卖了我吃糖球。"

"把你爸爸卖了行不行?"

"行!卖了爸爸吃饼干。"

"把你妈卖了行不行?"

"行！卖了俺妈吃香蕉。"

"把你奶奶卖了行不行？"

我们正恭候她说卖了奶奶吃什么哩，她却说：

"奶奶没有人要！"

我们先是一惊，后来便放声大笑。秋菊也嘿嘿地笑个不停。她显然是了解这一句话的含义的。两只吊角大眼更明亮闪光，满脸顽皮的神气。

今年春天，一连几天没有能碰到秋菊。我感到事情有点蹊跷。问她奶奶，才知道，秋菊已经被送回原籍上小学了。我同小张有什么办法呢？我们都颇有点儿黯然神伤的滋味。从今以后，再不会有一个活蹦乱跳的小女孩绕着小张转圈了。

过了不久，我同小张又在秋菊奶奶主人的门前碰到这一位老妇人。她主人的轮椅的轱辘撒了气，我们帮她把气儿打上。旁边站着一个极小的男孩，一问才知道他叫秋红，两岁半，是秋菊的堂弟。小孩长的不是吊角眼，而是平平常常的眼睛，可也是灵动明亮，黑眼球仿佛特别大而黑，全身透着一股灵气。小孩也一点儿不腼腆，我们同他说话，他高声说："爷爷好！阿姨好！"原来是秋菊走了以后，奶奶把他接来做伴的。

从此我们又有了一个小伙伴。

但是，秋红毕竟太小了，不能像秋菊那样走很远的路。可是，不管他同什么小孩玩，一见到我们，老远就高呼："爷爷好！阿姨好！"铜铃般的童声带给我们极大的愉快。

有一天，我同小张散步倦了，坐在秋红奶奶屋旁的长椅子上休息。此时水波不兴，湖光潋滟，杨柳垂丝，绿荷滴翠，我们顾而乐之，仿佛羽化登仙，遗世独立了。冷不防，小秋红从后面跑了过来，想跟我们玩儿。我们逗他跳舞，他真的把小腿一蹬，小胳膊一举，蹦跳起来。在舞蹈家眼中，这可能是非常幼稚可笑的，可是那一种天真无邪的模样，世界上哪一个舞蹈家能够有呢？我们又逗他唱歌。他毫不推辞，张开小嘴，边舞蹈，边哼唧起来。最初我们听不清他唱的是什么，经过几次重复，我才听出来，他唱的竟是李白的"床前明月光，疑是地上霜。举头望明月，低头思故乡"。我不禁大为惊叹，一个仅仅两岁半的乡村儿童竟能歌唱唐代大诗人李白的名篇，这情况谁能想象得到呢？

又有一天，我同小张出去散步，坐在平常坐的椅子上，小秋红又找了我们来。我们又让他唱歌跳舞。他恭恭敬敬地站在我们面前，先鞠了一大躬，然后又唱又舞，有时候竟用脚尖着地，作芭蕾舞状。舞蹈完毕，高声说："大家好！"仪式完毕。这一套仪式，我猜想，是他在家乡看歌舞演出时观察到的，那时他恐怕还不到两岁，至多两岁出头。又有一次，我们坐在椅子上，小秋红又跑了过来，嘴里喊着："爷爷好！阿姨好！"小张教他背诵：

　　锄禾日当午，
　　汗滴禾下土。

> 谁知盘中餐,
> 粒粒皆辛苦。

　　小张只念了一遍,秋红就能够背诵出来。这真让我大大地吃了一惊。古人说"过目成诵",眼前这个两岁半的孩子是"过耳成诵"。一个仅仅两岁半的乡村儿童能达到这个水平,谁能不吃惊呢?相传唐代大诗人白居易三岁识"之""无",千古传为美谈。如今这个仅仅两岁半的孩子在哪一方面比白居易逊色呢?

　　中国是世界上的诗词大国,篇章之多,质量之高,宇内实罕有其俦。我国一向有利用诗词陶冶性灵、提高人品的传统,用今天的话来说就是提高人文素质。然而,由于种种原因,近半个世纪以来,此道不畅久矣。最近国家领导人以及有识之士,大力提倡背诵诗词以提高审美能力,加强人文素质,达到让青年和国民能够完美全面地发展的目的,这会大大有利于祖国的建设事业。我原以为这是一件比较困难需要长期努力的工作,我哪里会想到于无意间竟在一个才两岁半的农村小孩子身上看到了曙光,看到了光辉灿烂的未来。我不禁狂喜,真要手之舞之足之蹈之了。

　　秋红到二十一世纪不过才到三岁,二十一世纪是他们的世纪。如果全国农村和城市的小孩子都能像秋红这样从小就享有提高人文素质教育的机会,我们祖国的前途真可以预卜了。我希望新闻界的朋友们能闻风而动,到秋红的农村里去采访一次。我相信,他们决不会空手而归的。

现在,不像秋菊那样杳如黄鹤,秋红还在我的眼前。我每天半小时的散步就成了一天最幸福的时刻,特别是在碰到秋红的时候。

1999年7月27日

原载于1999年10月16日《人民日报》

难忘的一家人

三月初的德里,已经是春末夏初时分。北京此时恐怕还会飘起雪花吧。而在这里,却已是杂花生树,群莺乱飞。月季花、玫瑰花、茉莉花、石竹花,还有其他许多不知名的鲜花,纷红骇绿,开得正猛。木棉那大得像碗口的红花,开在凌云的高枝上,发出了异样的光彩,特别逗引起了我这个异乡人的惊奇。

就正在这繁花似锦的时刻,我会见了将近二十年没有见面的印度老朋友普拉萨德先生。

当时,我刚从巴基斯坦来到德里。午饭后,我站在我们的大使馆楼前的草地上,欣赏那一朵朵肥大的月季花,正在出神,冷不防从对面草地上树荫下飞也似的跳出来了一个人,一下子扑了过来,用力搂住我的脖子,拼命吻我的面颊。他眼里泪水潸潸,眉头痛苦地或者是愉快地皱成了一个疙瘩。他就是普拉萨德。他这出乎意料的举动,使得我惊愕,快乐。但是,我的眼里却没有泪水流出,好像是我还没有来得及把泪水酿出。

这自然就使我回忆起过去在北京大学的一些事情。

普拉萨德是在新中国成立初期由印中友协主席、中国人民始终如一的老朋友森德拉尔先生介绍到北大来任教的。他为人正直，坦荡，老老实实，本本分分，从来不弄什么小动作，不要什么花样。借用德国老百姓的一句口头语：他忠实得像金子一样。在工作方面，他勤勤恳恳，给什么工作，就做什么工作，决不讨价还价。因此，他同中国教师和历届的同学都处得很好，没有人不喜欢他，不尊重他的。他后来回国结了婚，带着夫人普拉巴女士又回到北京。生的第一个男孩，取名就叫做京生。长到三四岁的时候，活泼伶俐，逗人喜爱。每次学校领导宴请外国教员，一个必不可少的节目就是要京生高唱《东方红》。此时宴会厅里，必然是笑声四起，春意盎然，情谊脉脉，喜气融融。

时光就这样流逝过去。他做的事情都是平平常常的事情，过的日子也都是平淡无奇的日子。没有兴奋，没有激动。没有惊人的变化，也没有难忘的伟绩。忘记了是哪一年，他生了肺病，有点紧张。我就想方设法，加以劝慰。我现在已经忘记究竟对他说了些什么话；但是估计像我这样水平低的人，也决不会说出什么精辟的话。他可就信了我的话，情绪逐渐平静了下来。又忘记了是哪一年，他告诉我，想到莫斯科去参加青年联欢节。我通过有关的单位，使他达到了目的。这些都是小事，本来是不足挂齿的。然而他却惦记在心，逢人便说。他还经常说，我是他的长辈，是他的师尊。这很使我感到有点尴尬，觉得受之有愧。

天不会总是晴的，人世间也决不会永远风平浪静。大约是在1959年，中印友谊的天空里突然升起了一团乌云。某一些原来对中国友好的印度人，接踵转向。但是，普拉萨德一家人并没有动摇。他们不相信那一些造谣诬蔑，流言蜚语。他们一直坚持到自己的护照有被吊销的危险的时候，才忍痛离开了中国。

接着来的是一段对中印两国人民都不愉快的时光。我自己毕生研究印度的文化和历史，十分关心中印两国人民的传统友谊。在这一团乌云的遮蔽下，我有说不出来的苦恼，心情很沉重。我不时想到普拉萨德，想到他那一家人。当他们还在北京的时候，我实际上并没有这样想过。现在一旦睽违，却竟如此忆念难置。我自己也说不清楚其中的缘由。难道我也想到"鸿雁几时到，江湖秋水多"吗？我不知道，普拉萨德一家人在想些什么，他们在干些什么。但是，我对于他那一家人对中国人民的深厚友谊，是从来没有怀疑的。我相信，他同广大的印度朋友一样，既能同中国人民共安乐，也能同我们共忧患。他们既然能度过丽日和风，也必然能度过惊涛骇浪。

事实也正是这个样子。等到天空里的乌云逐渐淡下去的时候，从遥远的西天传来了普拉萨德一家的消息。他确实是没有动摇。在那些日子里，他仍然坚持天天到中国驻印度大使馆去上班。当时大使馆门外驻扎着军警，每一个到中国大使馆来的印度人，都要受到盘问。许多印度朋友，不管内心里多么热爱中国，在这种情况下，也只好望而却步。然而普拉萨德却毅然岿然，决不气馁。当他在中国生肺病的时候，我心里曾闪过一个念头，窃以为他太脆弱。现在才知道，我错了。在大是大非面前，他是非常坚强的。我认识到他是这样一个人：在脆弱中有坚强，在简单中有深刻，在淳朴中有繁缛，在平淡中有浓烈。

他的爱人普拉巴是夫唱妇随。有人要她捐献爱国捐，她问为什么，说是为了对付中国，她坚决回答："爱国人人有份。但是捐了金银首饰去打中国，我宁死不干。我决不相信，中国会侵略印度！"这一番话义正词严，简直可以说是掷地作金石声。在那黑云翻滚的日子里，敢于说这样的话，是需要有点勇气的。普拉巴平常看起来也像她丈夫一样是朴素而安静的。就在这样一个朴素而安静的印度普通妇女的心中蕴藏着多少对中国兄弟姐妹的爱和信任啊！但是在千千万万印度朋友心中蕴藏着的正是这样的爱和信任。印度古书上有一句话："真理就是要胜利。"她说的话正是真理，因此就必然会胜利的。

难道说普拉萨德一家人不热爱自己的祖国吗？正相反。我知道，他们是非常热爱自己的祖国的。而他们这样的举动也正是真正热爱祖国的表现。

就这样，我们虽然相别十余年，相隔数万里，其间也没有通过信。但是，我们的心是相通的，我们的心是挨得非常近的。

可是我无论如何也没有预料到，我们竟然能够在花团锦簇的暮春时分，在德里又会了面。

贰 人间百态，皆是滋味

看样子，这一次意外的会面也给普拉萨德带来了极大的愉快。他告诉我，当他听说我要到印度来的时候曾高兴得几夜睡不着觉。我知道，他确实是非常高兴的。那时候，我们的访问非常紧张，一个会接着一个会，忙得不可开交。但是他却利用一切机会同我会面和交谈。有一天晚上，他还带了另一位印度朋友来看我。刚说了几句话，他们俩突然跪到地上摸我的脚。我知道，这是对最尊敬的人行的礼节。我大吃一惊，觉得真是当之有愧。但是面对着这一位忠实得像金子一般的印度朋友，我有什么办法呢？

普拉萨德再三对我讲，他要把他全家都带来同我会面。这正是我的愿望，我是多么想看一看这一家人啊！但是时间却挤不出。最后商定在使馆招待会前半小时会面。到了时候，他们全家果然来了。当年欢蹦乱跳的京生已经长成了稳重憨厚的青年，大学医学院的毕业生。当年在襁褓中的兰兰也已经长成了中学生。我看到这个情景，心里面思绪万千，半天说不出话来。但是，普拉萨德却滔滔不绝地讲了起来，讲他过去十几年的经历。从生活到思想，从个人到全家，不厌其详地讲述。兰兰大概觉得他说话太多了，有点生气似的说道："爸爸！看你老讲个不停，不让别人说半句话。"普拉萨德马上反驳说："不行不行！我非向他汇报不行。我的话三天三夜也讲不完。"说完又讲了起来，大有"词源倒流三峡水"的气概，看样子真要讲上三天三夜了。但是，招待会的时间到了，他们才依依不舍地辞别离去。

我们在德里的最后一个节目是印中友协的欢迎会。散会后，也就是我同普拉萨德全家告别的时候。我自然而然地紧紧地搂住了他的脖子，吻他的面颊。好像也用不着去酝酿，我的眼里流满了泪水。同这样一位忠诚淳朴，对中国人民始终如一的印度朋友告别，我难道还能无动于衷吗？

　　普拉萨德决不是一个人，而是广大的印度朋友的代表和象征；他也是千千万万善良的印度人的典型。他也绝没有把我看成一个个人，而是看成整个中国人民的代表。他对我流露出来的感情，不是对我一个人的，而是对全体中国人民。正如中印友谊万古长青一样，我们之间的友谊也是长存的。即使我们暂时分别了，我相信，我们有一天总还会会面的，在印度，在中国。

　　我遥望西天，为普拉萨德全家祝福。

1979 年 10 月

我的女房东

我已经多次谈到我的女房东欧朴尔太太。

我在这里还要再集中来谈。

我不能不谈她。

我们共同生活了整整 10 年,共过安乐,也共过患难。在这漫长的时间内,她为我操了不知多少心,她确实像我自己的母亲一样。回忆起她来,就像回忆一个甜美的梦。

她是一个平平常常的德国妇女。我初到的时候,她大概已有 50 岁了,比我大二十五六岁。她没有多少惹人注意的特点,相貌平平常常,衣着平平常常,谈吐平平常常,爱好平平常常,总之是一个非常平常的人。

然而,同她相处的时间越久,便越觉得她在平常中有不平常的地方:她老实,她诚恳,她善良,她和蔼,她不会吹嘘,她不会撒谎。她也有一些小小的偏见与固执,但这些也都是平平常常的,没有什么越轨的地方;这只能增加她的人情味,而绝不会相反。同她相处,不必费心机、设提防,一切都自自然然,使人如处和暖的春风中。

她的生活是十分单调的、平凡的。她的天地实际上就只有她的家庭。中国有一句话说:妇女围着锅台转。德国没有什么锅台,只有煤气灶或电气灶。我的女房东也就是围着这样的灶转。每天一起床，先做早点，给她丈夫一份，给我一份。然后就是无尽无休地擦地板，擦楼道，擦大门外面马路旁边的人行道。地板和楼道天天打蜡，打磨得油光锃亮。楼门外的人行道，不光是扫，而且是用肥皂水洗。人坐在地上，绝不会沾上半点儿尘土。德国人爱清洁，闻名全球。德文里面有一个词儿Putzteufel，指打扫房间的洁癖，或有这样洁癖的女人。Teufel的意思是"魔鬼"，Putz的意思是"打扫"。别的语言中好像没有完全相当的字。我看，我的女房东，同许多德国妇女一样，就是一个不折不扣"清扫魔鬼"。

我在生活方面所有的需要，她一手包下来了。德国人生活习惯同中国人不同。早晨起床后，吃早点，然后去上班；11点左右，吃自己带去的一片黄油夹香肠或奶酪的面包；下午1点左右吃午饭。这是一天的主餐，吃的都是热汤热菜，主食是土豆。下午4点左右，喝一次茶，吃点儿饼干之类的东西。晚上7时左右吃晚饭，泡一壶茶或者咖啡，吃凉面包、香肠、火腿、干奶酪等等。我是一个年轻的穷学生，一无时间，二无钱来摆这个谱儿。我还是中国老习惯，一日三餐。早点在家里吃，一壶茶，两片面包。午饭在外面馆子里或学生食堂里吃，都是热东西。晚上回家，女房东把他们中午吃的热餐给我留下一份。因此，我的晚餐也都是热汤热菜，同德国人不一样，这基本上是中国办法。这都是女房东在了解了中国人的吃饭习惯之后精心安排的。我每天在研究所里工作了一整天之后，回到家来，能够吃上一顿热乎乎的晚饭，心里当然是美滋滋的。对女房东这一番情意,我是由衷地感激的。

晚饭以后,我就在家里工作。到了晚上10点左右,女房东进屋来,把我的被子铺好,把被罩拿下来,放到沙发上。这工作其实是非常简单的,我自己尽可以做。但是,女房东却非做不可,当年她儿子住这一间屋子时,她就是天天这样做的。铺好床以后,她就站在那里,同我闲聊。她把一天的经历,原原本本,详详细细,都向我"汇报"。她见了什么人,买了什么东西,碰到了什么事情,到过什么地方,一一细说,有时还绘声绘形,说得眉飞色舞。我无话可答,只能洗耳恭听。她的一些婆婆妈妈的事情,我并不感兴趣。但是,我初到德国时,听说德语的能力都不强。每天晚上上半小时的"听力课",对我大有帮助。我的女房东实际上成了我的不收费的义务教员。这一点我从来没有对她说,她也永远不会懂的。"汇报"完了以后,照例说一句:"夜安!祝你愉快地安眠!"我也说同样的话,然后她退出,回到自己的房间里。我把皮鞋放在门外,明天早晨,她把鞋擦亮。我这一天的活动就算结束了,上床睡觉。

其余许多杂活,比如说洗衣服、洗床单、准备洗澡水等等,无不由女房东去干。德国被子是鸭绒的,鸭绒没有被固定起来,在被套里面享有绝对自由活动的权利。我初到德国时,很不习惯,睡下以后,在梦中翻两次身,鸭绒就都活动到被套的一边去,这里绒毛堆积如山,而另一边则只剩下两层薄布，当然就不能御寒，我往往被冻醒。我向女房东一讲，她笑得眼睛里直流泪。她于是细心教我使用鸭绒被的方法。我就像一个小孩子一样，在她的照顾下愉快地生活。

她的家庭看来是非常和睦的，丈夫忠厚老实，一个独生子不在家。老夫妇俩对儿子爱如掌上明珠。我记得，有一段时间，老头儿月月购买哥廷根的面包和香肠，打起包裹，送到邮局，寄给在达姆施塔特（Darmstadt）高工念书的儿子。老头儿腿有点儿毛病，走路一瘸一拐，很不灵便；虽然拿着手杖，仍然非常吃力。可他不辞辛苦，月月如此。后来老夫妇俩出去度假，顺便去看儿子。到儿子的住处大学生宿舍里去，一瞥间，他们看到老头儿千辛万苦寄来的面包和香肠，却发了霉，干瘪瘪地躺在桌子下面。老头儿怎样想，不得而知。老太太回家后，在晚上向我"汇报"时，絮絮叨叨地讲到这件事，说她大为吃惊。但是，奇怪的是，老头儿还是照样拖着两条沉重的腿，把面包和香肠寄走。我不禁想到，"可怜天下父母心"，古今中外之所同。然而儿女对待父母的态度，东西方却不大相同了。章太太的男房东可以为证。我并不提倡愚忠愚孝。但是，即使把父母与子女之间的关系，化为一般人与人之间的关系，像房东儿子的做法不也是有点儿过分了吗？

女房东心里也是有不平的。

儿子结了婚，住在外城，生了一个小孙女。有一次，全家回家来探望父母。儿媳长得非常漂亮，衣着也十分摩登。

但是,女房东对她好像并不热情,对小孙女也并不宠爱。儿媳是年轻人,对好多事情有点马大哈,从中也可以看出德国两代人之间的"代沟"。有一天,儿媳使用手纸过多,把马桶给堵塞了。老太太非常不满意,拉着我到卫生间指给我看。脸上露出了许多怪相,有愤怒,有轻蔑,有不满,有憎怨。此事她当然不能对儿子讲,连丈夫大概也没有敢讲,茫茫宇宙间她只有对我一个人诉说不平了。

女房东也是有偏见的。

关于戴帽子的偏见,她的偏见不只限于这一点,而且最突出的也不是这一件事。最突出的是宗教偏见。她自己信奉的是耶稣教,对天主教怀有莫名其妙的刻骨仇恨。欧洲耶稣基督教新旧两派之间的偏见,也是异常突出的。我的女房东没有很高的文化,她的偏见也因而更固执。但她偏偏碰到一个天主教的好人。女房东每个月要雇人洗一次衣服、床单等等,承担这项工作的是一个天主教的老处女,年纪比女房东还要大,总有60多岁了。她没有财产,没有职业,就靠帮人洗衣服为生。人非常老实,一天说不了几句话。却是一个十分虔诚的信徒,每月的收入,除了维持极其简朴的生活以外,全都交给教堂。她大概希望百年之后能够在虚无缥缈的天堂里占一个角落吧。女房东经常对我说:"特雷莎(Therese)忠诚得像黄金一样。"特雷莎是她的名字。但是,忠诚归忠诚,一提到宗教,女房东就愤愤不平,晚上向我"汇报"时,对她也时有微词,具体的例子却从来没有听说过。

我的女房东就是这样一个有不平、有偏见、有自己的与宇宙大局、世界大局和国家大局无关的小忧愁小烦恼,有这样那样的特点的平平常常的人;却是一个心地善良、厚道、不会玩弄任何花招的平常人。

她的一生也是颇为坎坷的,走的并非都是阳关大道。据她自己说,第一次世界大战前,德国人家里普遍都有金子,她家里也一样。大战一结束,德国发了疯似的通货膨胀,把她的一点点黄金都膨胀光了,成了无金阶级。到了第二次世界大战,她只是靠工资过日子。她对政治不感兴趣,她从来不赞扬希特勒,当然更不懂去反对他。她在乡下没有关系户,食品同我一样短缺。在大战中间,她丈夫饿得从一个大胖子变成一个瘦子,终于离开了人世。老两口儿一生和睦相处,我从来没有听到他们俩拌过嘴、吵过架。老头儿一死,只剩下她孤零一人。儿子极少回来,屋子里空荡荡的。她心里是什么滋味,我不知道。从表面上来看,她只能同我这一个异邦的青年相依为命了。

战争到了接近尾声的时候,日子越来越难过。不但食品短缺,连燃料也无法弄到。哥廷根市政府俯顺民情,决定让居民到山上去砍伐树木。在这里也可以看到德国人办事之细致、之有条不紊、之遵守法纪。政府工作人员在茫茫的林海中划出了一个可以砍伐的地区,把区内的树逐一检查,可以砍伐者画上红圈。砍伐没有红圈的树,要受到处罚。女房东家里没有劳动力,我当然当仁不让,陪她上山,砍了一天树,运下山来，运到一个木匠家里，用机器截成短段，然后运回家来，贮存在地下室里，供取暖之用。由于那一个木匠态度非常坏，我看不下去，同他吵了一架。他过后到我家来，表示歉意。我觉得，这不过是小事一端，一笑置之而已。

我的女房东是一个平常人，当然不能免俗。当年德国社会中非常重视学衔，说话必须称呼对方的头衔。对方是教授，必须呼之为"教授先生"；对方是博士，必须呼之为"博士先生"。不这样，就显得有点儿不礼貌。女房东当然不会是例外。我通过了博士口试以后，当天晚上"汇报"时，她突然笑着问我："我从今以后是不是要叫你'博士先生'？"我真是大吃一惊，是我万万没有想到的。我连忙说："完全没有必要！"她也不再坚持，仍然照旧叫我"季先生"，我称她为"欧朴尔太太"，相安无事。

一想到我的母亲般的女房东，我就回忆联翩。在漫长的10年中，我们晨夕相处，从来没有任何矛盾。值得回忆的事情实在太多了，即使回忆困难时期的情景，这回忆也仍然是甜蜜的。这些回忆一时是写不完的。因此我也就不再写下去了。

离开德国以后，在瑞士停留期间，我曾给女房东写过几次信。回国以后，在北平，我费了千辛万苦，弄到了一罐美国咖啡，大喜若狂。我知道，她同许多德国人一样，嗜咖啡若命。我连忙跑到邮局，把邮包寄走，期望它能越过千山万水，送到老太太手中，让她在孤苦伶仃的生活中获得一点儿喜悦。我不记得收到了她的回信。到了50年代,"海外关系"成了十分危险的东西。我再也不敢写信给她,从此便云天渺茫,互不相闻。正如杜甫所说的"明日隔山岳,世事两茫茫"了。

1983年,在离开哥廷根将近40年之后,我又回到了我的第二故乡。我特意挤出时间,到我的故居去看了看。房子整洁如故,40年漫长岁月的痕迹一点儿也看不出来。我走上三楼,我的住房门外的铜牌上已经换了名字。我也无从打听女房东的下落,她恐怕早已离开了人世,同她丈夫一起,静卧在公墓的一个角落里。我回首前尘,百感交集。人生本来就是这样,我有什么办法呢?我只有虔心祷祝她那在天之灵——如果有的话——永远安息。

1994年2月25日

叁

花开如火,也如寂寞

它虽阅尽人间沧桑,却从无害人之意。每到春天,就以自己的花朵为人间增添美丽。焉知一旦毁于愚氓之手。它感到万分委屈,又投诉无门。它的灵魂死守在这里。

寂 寞

寂寞像大毒蛇，盘住了我整个的心，我自己也奇怪：几天前喧腾的笑声现在还萦绕在耳际，我竟然给寂寞克服了吗？

但是，克服了，是真的，奇怪又有什么用呢？笑声虽然萦绕在耳际，早已恍如梦中的追忆了，我只有一颗心，空虚寂寞的心被安放在一个长方形的小屋里。我看四壁，四壁冰冷像石板，书架上一行行排列着的书，都像一行行的石块，床上棉被和大衣的折纹也都变成雕刻家手下的作品了，死寂，一切死寂，更死寂的却是我的心——我到了庞培（Pompaii）了么？不，我自己证明没有，隔了窗子，我还可以看见袅动的烟缕，虽然还在袅动，但是又是怎样地微弱呢——我到了西敏斯大寺（Westminster Abbey）了么？我自己又证明没有，我看不到阴森的长廊，看不到诗人的墓圹，我只是被装在一个长方形的小屋里，四周圈着冰冷的石板似的墙壁，我究竟在什么地方呢？桌子上那两盆草的曼长嫩绿的枝条，反射在镜子里的影子，我透过玻璃杯看到的淡淡的影子，反射在电镀过的小钟座上的影子，在平常总轻轻地笼罩上一层绿雾，不是很美丽有生气的吗？为什么也变成浮雕般呆僵不动呢——一切完了，一切都给寂寞吞噬了，寂寞凝定在墙上挂的相片上，凝定在屋角的蜘蛛网上，凝定在镜子里我自己的影子上……

一切都真的给寂寞吞噬了吗？不，还有我自己，我试着抬一抬胳膊，还能抬得起，我摆了摆头，镜子里的影子也还随着动，我自己问：是谁把我放在这里的呢？是我自己，现在我才发现，就是自己，我能逃……

我能逃，然而，寂寞又跟上我了呀！在平常我们跑着百米抢书的图书馆，不是很热闹的吗？现在为什么也这样冷清呢？我从这头看到那头，像看到一个朦胧的残梦，淡黄的阳光从窗子里穿进来造成一条光的路，又射在光滑的桌面上，不耀眼，不辉腾，只是死死地贴在桌上，像——像什么呢？我不愿意说，像乡间黑漆棺材上贴的金边。寥寥的几个看书的，错落地散坐着，使我想起到月明夜天空的星子，但也都石像似的坐着，不响也不动。是人么？不是，我左右看全不像。像木乃伊？又不像，因为我闻不到木乃伊应该有的那种香味。像死尸？有点，但也不全像——我看到他们僵坐的姿势了；我看到他们一个个的翻着的死白的眼了，我现在知道他们像什么，像鱼市里的死鱼，一堆堆地排列着，鼓着肚皮，翻着白眼，可怕！然而我能逃，然而寂寞又跟上了我，我向哪里逃呢？

到了世界的末日了吗？世界的末日，多可怕！以前我曾自己想象，自己是世界上最后的一个生物，因了这无谓的想象，我流过不知多少汗，但是现在却真教我尝到这个滋味了，

| 叁 | 花开如火,也如寂寞

天空倒挂着,像个盆,远处的西山,近处的楼台,都仿佛剪影似的贴在这灰白盆底上。小鸟缩着脖子站在土山上,不动,像博物馆里的标本,流水在冰下低缓地唱着丧歌,天空里破絮似的云片,看来像一贴贴的膏药,糊在我这寂寞的心上,枯枝丫杈着,看来像鱼刺,也刺着我这寂寞的心。

但是,我在身旁发现有人影在游动了,我知道,我自己不是世界上最后的生物,我在内心浮起一丝笑意,但是(又是但是)却怪没等这好意浮到脸上,我又看到我身旁的人也同样翻着死白的眼,像木乃伊?像僵尸?像鱼市上陈列的死鱼?谁耐心去管,战栗通过了我全身,我想逃,寂寞驱逐着我,我想逃,向哪里逃呢——天哪!我不知道向哪里逃了。

夜来了,随了夜来的是更多的寂寞,当我从外面走回宿舍的时候,四周死一般沉寂,但总仿佛有窸窣的脚步声绕在我四围。说声,其实哪里有什么声呢?只是我觉得有什么东西跟着我而已,倘若在白天,我一定说这是影子;倘若睡着了,我一定说这是梦。究竟是什么呢?我知道,这是寂寞,从远处我看到压在黑暗的夜气下面的宿舍,以前不是每个窗子都射出温热的软光来么?但是,变了,一切变了,大半的窗子都黑黑的,闭着寥寥的几个窗子,无力地迸射出几条光线来,又都是怎样暗淡灰白呢——不,这不是窗子里射出来的灯光,这是墓地里的鬼火,这是魔窟里发出的魔光,我是到了鬼影憧憧的世界里了,我自己也成了鬼影了。

我平卧在床上,让柔弱的灯光流在我身上,让寂寞在我四周跳动,静听着远处传来的噔噔的足音,隐隐地,细细弱弱到听不清,听不见了。这声音从哪里传来的呢?是从辽远又辽远的国土里呀!是从寂寞的大沙漠里呀!但是,又像比辽远的国土更辽远;我的小屋是坟墓,这声音是从墓外过路人的脚下踱出来的呀!离这里多远呢?想象不出,也不能想象,望吧!是一片茫茫的白海流布在中间,海里是什么呢?是寂寞。

  隔了窗子,外面是死寂的夜,从蒙翳的玻璃里看出去,不见灯光;不见一切东西的清晰的轮廓,只是黑暗,在黑暗里的迷离的树影,丫杈着,刺着暗灰的天。在三个月前,这秃光的枯枝上,有过一串串的叶子,在萧瑟的秋风里打战,又罩上一层淡淡的黄雾。再往前,在五六个月以前吧,同样的这枯枝上织一丛丛的茂密的绿,在雨里凝成浓翠,在毒阳下闪着金光。倘若再往前推,在春天里,这枯枝上嵌着一颗颗火星似的红花,远处看,辉耀着,像火焰——但是,一转眼,溜到现在,现在怎样了呢?变了,全变了,只剩了秃光的枯枝,刺着天空,把小小的温热的生命力蕴蓄在这枯枝的中心,外面披上这层刚劲的皮,忍受着北风的狂吹,忍受着白雪的凝固,忍受着寂寞的来袭,同我一样。它也该同我一样切盼着春的来临,切盼着寂寞的退走吧。春什么时候会来呢?寂寞什么时候会走呢?这漫漫的长长的夜,这漫漫的更长的冬……

1934年1月22日

回　忆

　　回忆很不好说，究竟什么才算是回忆呢？我们时时刻刻沿了人生的路向前走着，时时刻刻有东西映入我们的眼里——即如现在吧，我一抬头就可以看到清浅的水在水仙花盆里反射的冷光，漫在水里的石子的晕红和翠绿，茶杯里残茶在软柔的灯光下照出的几点金星。但是，一转眼，眼前的这一切，早跳入我的意想里，成轻烟，成细雾，成淡淡的影子，再看起来，想起来，说起来的话，就算是我的回忆了。

　　只说眼前这一步，只有这一点儿淡淡的影子，自然是迷离的。但是我自从踏到世界上来，走过不知多少的路。回望过去的茫茫里，有着我的足迹叠成的一条白线，一直引到现在，而且还要引上去。我走过都市的路，看尘烟缭绕在栉比的高屋的顶上。我走过乡村的路，看似水的流云笼罩着远村，看金海似的麦浪。我走过其他许许多多的路，看红的梅，白的雪，潋滟的流水，十里稷稷的松墅，死人的蜡黄的面色，小孩充满了生命力的踊跃。我在一条路上接触到种种的面影，熟悉的，不熟悉的。这一切的一切都在我走着的时候，蓦地成轻烟，成细雾，成淡淡的影子，储在我的回忆里。有的也就被埋在回忆的暗陬里，忘了。当我转向另一条路的时候，随时又有新的东西，另有一群面影凑集在我的眼前。蓦地又成轻烟，成细雾，成淡淡的影子，移入我的回忆里，自然也有的被埋在暗陬里，忘了。新的影子挤入来，又有旧的被挤到不知什么地方去幻灭，有的简直就被挤了出去。以后，当另一群更新的影子挤进来的时候，这新的也就追踪了旧的命运。就这样，挤出，挤进，一直到现在。我的回忆里残留着各样的影子，色彩。分不清先先后后，紊混成一团了。

　　我就带着这紊混的一团从过去的茫茫里走上来。现在抬头就可以看到水仙花盆里反射的水的冷光，水里石子的晕红和翠绿，残茶在灯下照出的几点金星。自然，前面已经说过，这些都要倏地变成影子，移入回忆里，移入这紊混的一团里，但是在未移动以前，这紊混的一团影子说不定就在我的脑海里浮动起来，我就自然陷入回忆里去了——陷入回忆里去，其实是很不费力的事。我面对着当前的事物，不知怎地，迷离里忽然电光似的一掣，立刻有灰蒙蒙的一片展开在我的意想里，仿佛是空空的，没有什么，但随便我想到曾经见过的什么，立刻便有影子浮现出来。跟着来的还不止一个影子，两个，三个，多，更多了。影子在穿梭，在紊混。又仿佛电光似的一掣，我又顺着一条线回忆下去——比如回忆到故乡里的秋吧。先仿佛看到满场里乱摊着的谷子，黄黄的。再看到左右摆动的老牛的头，飘浮着云烟的田野，屋后银白的一片秋芦。再沉一下心，还仿佛能听到老牛的喘气，柳树顶蝉的曳长了的鸣声，豆荚在日光下毕剥的炸裂声。蓦地，有如阴云漫过了田野，只在我的意想里一恍，在故乡里的这些秋的影子上面，又挤进来别的影子了——红的梅，白的雪，潋滟的流水，十里稷稷的松墅，死人的蜡黄的面色，小孩充满了生命力的踊跃。同时，老牛的影，芦花的影，田野的影，也站在我的心里的一个角隅里。这许多的影子掩映着，混起来。我再不能顺着刚才那条线想下去。又有许多别的历乱的影子在我的意念里跳动。如电光火石，眩了我的眼睛。终于我一无所见，一无所忆。仍然展开了灰蒙蒙的一片，空空的，什么也没有。我的回忆也就停止了。

　　我的回忆停止了，但是绝不能就这样停止下去的。我仍然说，我们时时刻刻沿着人生的路向前走着，时时刻刻就有回忆萦绕着我们——再说到现在吧。灯光平流到我面前的桌上，书页映出了参差的黑影，看到这黑影，我立刻想到在过去不知什么时候看过的远山的淡影。玻璃杯反射着清光。看了这清光，我立刻想到月明下千里的积雪。我正写着字。看了这一颗颗的字，也使我想到了阶下的蚁群……倘若再沉一下心，我可以想到过去在某处见过这样的山的淡影。在另一个地方也见过这样的影子，纷纷的一团。于是想了开去，想到同这影子差不多的影子。纷纷的一团。于是又想了开去，仍然是纷纷的一团影子。但是同这山的淡影，同这书页映出的参差的黑影却没有一点儿关系了。这些影子还没幻灭的时候，又有别的影子隐现在它们后面，朦胧，暗淡，有着各样的色彩。再往里看，又有一层影子隐现在这些影子后面，更朦胧，更暗淡，色彩也更繁复……一层，一层，看上去，没有完。越远越暗淡了下去。到最后，只剩了那么一点儿绰绰的形象。就这样，在我的回忆里，一层一层地，这许许多多的影子，色彩，分不清先先后后，又萦混成一团了。

我仍然带了这萦混的一团影子走上去。倘若要问：这些影子都在什么地方呢？我却说不清了。往往是这样，一闭眼，先是暗冥冥的一片，再一看，里面就有影子。但再问：这暗冥冥的一片在什么地方呢？恐怕只有天知道吧。当我注视着一件东西发愣的时候，这些影子往往就叠在我眼前的东西上。在不经意的时候，我常把母亲的面影叠在茶杯上。把忘记在什么时候看见的一条长长的伸到水里去的小路叠在 Hölderlin 的全集上。把一树灿烂的海棠花叠在盛着花的土盆上。把大明湖里的塔影叠在桌上铺着的晶莹的清玻璃上。把晚秋黄昏的一天暮鸦叠在墙角的蜘蛛网上。把夏天里烈日下的火红的花团叠在窗外草地上半匐着的白雪上……然而，只要一经意，这些影子立刻又水纹似的幻化开去。同了这茶杯的，这 Hölderlin 全集的，这土盆的，这清玻璃的，这蜘蛛网的，这白雪的，影子，跳入我们的回忆里，在将来的不知什么时候，又要叠在另一些放在我眼前的东西上了。

将来还没有来，而且也不好说。但是，我们眼前的路不正引向将来去吗？我看过了清浅的水在水仙花盆里反射的冷光，映在水里的石子的晕红和翠绿，残茶在软柔的灯光下照出的那几点金星。也看过了茶杯、Hölderlin 全集、土盆、清玻璃、蜘蛛网、白雪，第二天我自然看到另一些新的东西，第三天我自然看到另一些更新的东西。第四天，第五天……看到的东西多起来，这些东西都要倏地成轻烟，成细雾，成淡淡的影子，储在我的回忆里吧。这一团萦混的影子，也要更萦混了。等我不能再走，不能再看的时候，这一团也随了我走应当走的最后路。然而这时候，我却将一无所见，一无所忆。这一团影子幻失到什么地方去了呢？随了大明湖里的倒影飘散到茫迷里去了吗？随了远山的淡霭被吸入金色的黄昏里去了吗？说不清，而且也不必说——反正我有过回忆了。我还希望什么呢？

1934 年 1 月 14 日旧历年元旦灯下

槐　花

　　自从移家朗润园,每年在春夏之交的时候,我一出门向西走,总是清香飘拂,溢满鼻官。抬眼一看,在流满了绿水的荷塘岸边,在高高低低的土山上面,就能看到成片的洋槐,满树繁花,闪着银光;花朵缀满高树枝头,开上去,开上去,一直开到高空,让我立刻想到新疆天池上看到的白皑皑的万古雪峰。

　　这种槐树在北方是非常习见的树种。我虽然也陶醉于氤氲的香气中,但却从来没有认真注意过这种花树——惯了。

　　有一年,也是在这样春夏之交的时候,我陪一位印度朋友参观北大校园。走到槐花树下,他猛然用鼻子吸了吸气,抬头看了看,眼睛瞪得又大又圆。我从前曾看到一幅印度人画的人像,为了夸大印度人眼睛之大,他把眼睛画得扩张到脸庞的外面。这一回我真仿佛看到这一位印度朋友瞪大了的眼睛扩张到了面孔以外来了。

　　"真好看呀!这真是奇迹!"

　　"什么奇迹呀?"

　　"你们这样的花树。"

　　"这有什么了不起呢?我们这里多得很。"

　　"多得很就不了不起了吗?"

叁 花开如火，也如寂寞

我无言以对，看来辩论下去已经毫无意义了。可是他的话却对我起了作用：我认真注意槐花了，我仿佛第一次见到它，非常陌生，又似曾相识。我在它身上发现了许多新的以前从来没有发现的东西。

在沉思之余，我忽然想到，自己在印度也曾有过类似的情景。我在海德拉巴看到耸入云天的木棉树时，也曾大为惊诧。碗口大的红花挂满枝头，殷红如朝阳，灿烂似晚霞，我不禁大为慨叹：

"真好看呀！简直神奇极了！"

"什么神奇？"

"这木棉花。"

"这有什么神奇呢？我们这里到处都有。"

陪伴我们的印度朋友满脸迷惑不解的神气。我的眼睛瞪得多大，我自己看不到。现在到了中国，在洋槐树下，轮到印度朋友（当然不是同一个人）瞪大眼睛了。

在我们的日常生活中，我们都有这样一个经验：越是看惯了的东西，便越是习焉不察，美丑都难看出。这种现象在心理学上是容易解释的：一定要同客观存在的东西保持一定的距离，才能客观地去观察。难道我们就不能有意识地去改变这种习惯吗？难道我们就不能永远用新的眼光去看待一切事物吗？

我想自己先试一试看，果然有了神奇的效果。我现在再走过荷塘看到槐花，努力在自己的心中制造出第一次见到的幻想，我不再熟视无睹，而是尽情地欣赏。槐花也仿佛是得到了知己，大大小小、高高低低的洋槐，似乎在喃喃自语，又对我讲话。周围的山石树木，仿佛一下子活了起来，一片生机，融融氤氲。荷塘里的绿水仿佛更绿了，槐树上的白花仿佛更白了，人家篱笆里开的红花仿佛更红了。风吹，鸟鸣，都洋溢着无限生气。一切眼前的东西联在一起，汇成了宇宙的大欢畅。

1986 年 6 月 3 日

我和东坡词

几年前的一段亲身经历，至今回忆起来，历历如在目前。然而其中的一点隐秘，我却始终无法解释。

我患了老年性白内障，要动手术。要说怕得不得了，还不至于；要说心里一点波动都没有，也不是事实。坐车到医院去的路上，同行的人高谈阔论，我心里有点忐忑不安，一点也不想参加，我静默不语，在半梦幻状态中，忽然在心中背诵起了苏东坡的词：

> 明月几时有？把酒问青天。不知天上宫阙，今夕是何年。我欲乘风归去，又恐琼楼玉宇，高处不胜寒。起舞弄清影，何似在人间？
> 转朱阁，低绮户，照无眠。不应有恨，何事长向别时圆？人有悲欢离合，月有阴晴圆缺，此事古难全。但愿人长久，千里共婵娟。

默诵完了一遍，再从头默诵起，最终自己也不知道，究竟默诵了多少遍，汽车到了医院。

在这样的时候，在这样的地方，我为什么单单默诵东坡这一首词，我至今不解。难道它与我当时的处境有什么神秘的联系吗？在医院里住了几天，进行了细致的体检，终于把我送进了手术室。主刀人是施玉英大夫，号称"北京第一刀"，技术精湛，万无一失，因此我一点顾虑都没有。但因我患有心脏病，为了保险起见，医院特请来一位心脏科专家，并运来极大的一台测量心脏的仪器，摆在手术台旁，以便随时监测我心跳的频率。于是我就有了两位大夫。我舒舒服服地躺上了手术台。动手术的右眼虽然进行了麻醉，但我的脑袋是十分清醒的，耳朵也不含糊。手术开始后，我听到两位大夫慢声细语地交换着意见，间或还听到了仪器碰撞的声音。一切我都觉得很美妙。我又在半梦幻的状态中，心里忽然又默诵起宋词来，仍然是苏东坡的，不是上面那一首，而是：

  缥缈红妆照浅溪，薄云疏雨不成泥。送君何处古台西。
  废沼夜来秋水满，茂林深处晚莺啼。行人肠断草凄迷。

  我仍然是循环往复地默诵，一遍又一遍，一直到走下手术台。
  在这样的时候，在这样的地方，我为什么偏偏又默诵起词来，而且又是东坡的？其原因我至今不解。难道这又与我当时的处境有什么神秘的联系吗？
  这样的问题，我无法解释。

但是，我觉得，如果真要想求得一个答复，也是有可能找得到的。

我不是诗词专家，只有爱好，不懂评论。可是读得多了，管窥蠡测，似乎也能有点个人的看法。现在不妨写了出来，供大家品评。

中国词家一向把词分为婉约与豪放两派。每一派中的诸作者也都各有特点，不完全是一个模样。在婉约派中，我最喜欢的是李后主、李易安和纳兰性德。在豪放派中，我最欣赏的是苏东坡。

原因何在呢？

我想提出一个真正的专家学者从来没有提过的，肯定是野狐谈禅的说法。为了把问题说明白，我想先拉一位诗人来作陪，他就是李太白。我个人浅见认为，太白和东坡是中国几千年的文学史上两位最有天才的最伟大的作家。他们俩共同的特点是：为文如万斛泉涌，不择地而出，文不加点，倚马可待。每一首诗词，好像都是一气呵成，一气流转。他们写的时候，笔不停挥，欲住不能；我们读的时候，也是欲停不能，宛如高山滑雪，必须一气到底，中间绝无停留的可能。这种气或者气势洋溢充沛在他们诗词之中，霈然不可抗御。批评家和美学家怎样解释这个现象，我不得而知，这现象是明明白白地存在着的，我则丝毫也不怀疑。

我在下面举太白的几首诗，以资对比：

长安一片月，万户捣衣声。秋风吹不尽，总是玉关情。何日平胡虏，良人罢远征？
　　明月出天山，苍茫云海间。长风几万里，吹度玉门关。
　　蜀僧抱绿绮，西下峨眉峰。为我一挥手，如听万壑松。

　　你无论读上面哪一首诗，你能中途停下吗？真仿佛有一股力量、一股气势在后面推动着你，非读下去不行。读东坡的词，亦复如是。这就是我推崇东坡和太白的原因。
　　这种想法，过去并没有明确地意识到过，它埋藏在我心中有年矣。白内障动手术是我平生一件大事，它触动了我的内心，于是这种想法就下意识地涌出来，东坡词适逢其会自然流出了。
　　我的文艺理论水平低，只能说出，无法解释，尚望内行里手有以教我。

2000 年 3 月 20 日

加德满都的狗

我小时候住在农村里,终日与狗为伍,一点儿也没有感觉到狗这种东西有什么稀奇的地方。但是狗却给我留下了极其深刻的印象。我母亲逝世以后,故乡的家中已经空无一人。她养的一条狗——连它的颜色我现在都回忆不清楚了——却仍然日日夜夜卧在我家门口,守着不走。女主人已经离开人世,再没有人喂它了。它好像已经意识到这一点。但是它却坚决宁愿忍饥挨饿,也决不离开我们那破烂的家门口。黄昏时分,我形单影只从村内走回家来,屋子里摆着母亲的棺材,门口卧着这一只失去了主人的狗,泪眼汪汪地望着我这个失去了慈母的孩子,有气无力地摇摆着尾巴,嗅我的脚。茫茫宇宙,好像只剩下这只狗和我。此情此景,我连泪都流不出来了,我流的是血,而这血还是流向我自己的心中。我本来应该同这只狗相依为命,互相安慰。但是,我必须离开故乡,我又无法把它带走。离别时,我流着泪紧紧地搂住了它,我遗弃了它,真正受到良心的谴责。几十年来,我经常想到这一只狗,直到今天,我一想到它,还会不自主地流下眼泪。我相信,我离开家以后,它也决不会离开我们的门口。它的结局我简直不忍想下去了。母亲有灵,会从这一只狗身上得到我这个儿子无法给她的慰藉吧。

从此,我爱天下一切狗。

但是我迁居大城市以后，看到的狗渐渐少起来了。最近多少年以来，北京根本不许养狗，狗简直成了稀有动物，只有到动物园里才能欣赏了。

我万万没有想到，我到了加德满都以后，一下飞机，在机场受到热情友好的接待。汽车一驶离机场，驶入市内，在不算太宽敞的马路两旁就看到了大狗、小狗、黑狗、黄狗，在一群衣履比较随便的小孩子们中间，摇尾乞食，低头觅食。

这是一件小事，却使我喜出望外：久未晤面的亲爱的狗竟在万里之外的异域会面了。

狗们大概完全不理解我的心情，它们大概连辨别本国人和外国人的本领还没有学到。我这里一往情深，它们却漠然无动于衷，只是在那里摇尾低头，到处嗅着，想找到点儿什么东西吃吃。

晚上，我们从中国大使馆回旅馆的时候，天已经完全黑了。加德满都的大街上，电灯不算太多，霓虹灯的数目更少一些。我在阴影中又隐隐约约地看到了大狗、小狗、黑狗、黄狗，在那里到处嗅着。回到旅馆，在沐浴后上床的时候，从远处的黑暗中传来了阵阵的犬吠声。古人说，深夜犬吠若豹。我现在听到的不是吠声若豹，而是吠声若犬。这事当然并不稀奇。可这并不稀奇的若犬的犬吠声却给我带来了无尽的甜蜜的回忆。这甜蜜的犬吠声一直把我送入我在加德满都过的第一夜的梦中。

1986年11月25日凌晨于苏尔提宾馆

幽径悲剧

出家门,向右转,只有二三十步,就走进一条曲径。有二三十年之久,我天天走过这一条路,到办公室去。因为天天见面,也就成了司空见惯,对它有点漠然了。

然而,这一条幽径却是大大有名的。记得在50年代,我在故宫的一个城楼上,参观过一个有关《红楼梦》的展览。我看到由几幅山水画组成的组画,画的就是这一条路。足征这一条路是同这一部伟大的作品有某一些联系的。至于是什么联系,我已经记忆不清。留在我记忆中的只是一点儿印象:这一条平平常常的路是有来头的,不能等闲视之。

这一条路在燕园中是极为幽静的地方。学生们称之为"后湖",他们是很少到这里来的。我上面说它平平常常,这话有点语病,它其实是颇为不平常的。一面傍湖,一面靠山,蜿蜒曲折,实有曲径通幽之趣。山上苍松翠柏,杂树成林。无论春夏秋冬,总有翠色在目。不知名的小花,从春天开起,过一阵换一个颜色,一直开到秋末。到了夏天,山上一团浓绿,人们仿佛是在一片绿雾中穿行。林中小鸟,枝头鸣蝉,仿佛互相应答。秋天,枫叶变红,与苍松翠柏,相映成趣,凄清中又饱含浓烈。几乎让人不辨四时了。

小径另一面是荷塘,引人注目主要是在夏天。此时绿叶接天，红荷映目。仿佛从地下深处爆发出一股无比强烈的生命力，向上，向上，向上，欲与天公试比高，真能使懦者立怯者强，给人以无穷的感染力。

不管是在山上，还是在湖中，一到冬天，当然都有白雪覆盖。在湖中，昔日的潋滟的绿波为坚冰所取代。但是在山上，虽然落叶树都把叶子落掉，可是松柏反而更加精神抖擞，绿色更加浓烈，意思是想把其他树木之所失，自己一手弥补过来，非要显示出绿色的威力不行。再加上还有翠竹助威，人们置身其间，决不会感到冬天的萧索了。

这一条神奇的幽径，情况大抵如此。

在所有的这些神奇的东西中，给我印象最深，让我最留恋难忘的是一株古藤萝。藤萝是一种受人喜爱的植物。清代笔记中有不少关于北京藤萝的记述。在古庙中，在名园中，往往都有几棵寿达数百年的藤萝，许多神话故事也往往涉及藤萝。北大现住的燕园，是清代名园，有几棵古老的藤萝，自是意中事。我们最初从城里搬来的时候，还能看到几棵据说是明代传下来的藤萝。每年春天，紫色的花朵开得满棚满架，引得游人和蜜蜂猬集其间，成为春天一景。

但是，根据我个人的评价，在众多的藤萝中，最有特色的还是幽径的这一棵。它既无棚，也无架，而是让自己的枝条攀附在邻近的几棵大树的干和枝上，盘曲而上，大有直上青云之慨。因此，从下面看，除了一段苍黑古劲像苍龙殷的粗干外，根本看不出是一株藤萝。每天春天，我走在树下,眼前无藤萝,心中也无藤萝。然而一股幽香蓦地闯入鼻官,嗡嗡的蜜蜂声也袭入耳内,抬头一看,在一团团的绿叶中——根本分不清哪是藤萝叶,哪是其他树的叶子——隐约看到一朵朵紫红色的花,颇有万绿丛中一点红的意味。直到此时,我才清晰地意识到这一棵古藤的存在,顾而乐之了。

经过了史无前例的十年浩劫,不但人遭劫,花木也不能幸免。藤萝们和其他一些古丁香树等等,被异化为"修正主义",遭到了无情的诛伐。六院前的和红二、三楼之间的那两棵著名的古藤,被坚决、彻底、干净、全部地消灭掉。是否也被踏上一千只脚,没有调查研究,不敢瞎说;永世不得翻身,则是铁一般的事实了。

茫茫燕园中,只剩下了幽径的这一棵藤萝了。它成了燕园中藤萝界的鲁殿灵光。每到春天,我在悲愤、惆怅之余,唯一的一点儿安慰就是幽径中这一棵古藤。每次走在它下面,嗅到淡淡的幽香,听到嗡嗡的蜂声,顿觉这个世界还是值得留恋的,人生还不全是荆棘丛。其中情味,只有我一个人知道,不足为外人道也。

然而,我快乐得太早了。人生毕竟还是一个荆棘丛,决不是到处都盛开着玫瑰花。今年春天,我走过长着这棵古藤的地方,我的眼前一闪,吓了一大跳:古藤那一段原来凌空的虬干,忽然成了吊死鬼,下面被人砍断,只留上段悬在空中,在风中摇曳。再抬头向上看,藤萝初绽出来的一些淡紫的成串的花朵,还在绿叶丛中微笑。它们还没有来得及知道,自己赖以生存的树干已经被砍断了，脱离了地面，再没有水分供它们生存了。它们仿佛成了失掉了母亲的孤儿，不久就会微笑不下去，连痛哭也没有地方了。

我是一个没有出息的人。我的感情太多，总是供过于求，经常为一些小动物、小花草惹起万斛闲愁。真正的伟人们是决不会这样的。反过来说，如果他们像我这样的话，也决不能成为伟人。我还有点自知之明，我注定是一个渺小的人，也甘于如此，我甘于为一些小猫小狗小花小草流泪叹气。这一棵古藤的灭亡在我心灵中引起的痛苦，别人是无法理解的。

从此以后，我最爱的这一条幽径，我真有点怕走了。我不敢再看那一段悬在空中的古藤枯干，它真像吊死鬼一般，让我毛骨悚然。非走不行的时候，我就紧闭双眼，疾趋而过。心里数着数：一，二，三，四，一直数到十。我估摸已经走到了小桥的桥头上，吊死鬼不会看到了，我才睁开眼走向前去。此时，我简直是悲哀至极，哪里还有什么闲情逸致来欣赏幽径的情趣呢？

但是，这也不行。眼睛虽闭，但耳朵是关不住的。我隐隐约约听到古藤的哭泣声，细如蚊蝇，却依稀可辨。它在控诉无端被人杀害。它在这里已经待了二三百年，同它所依附的大树一向和睦相处。它虽阅尽人间沧桑，却从无害人之意。每到春天，就以自己的花朵为人间增添美丽。焉知一旦毁于愚氓之手。它感到万分委屈，又投诉无门。它的灵魂死守在这里。每到月白风清之夜，它会走出来"显圣"的。在大白天，只能偷偷地哭泣。山头的群树、池中的荷花是对它深表同情的，然而又受到自然的约束，寸步难行，只能无言相对。在茫茫人世中，人们争名于朝，争利于市，哪里有闲心来关怀一棵古藤的生死呢？于是，它只有哭泣，哭泣，哭泣……

世界上像我这样没有出息的人，大概是不多的。古藤的哭泣声恐怕只有我一个能听到。在浩茫无际的大千世界上，在林林总总的植物中，燕园的这一棵古藤，实在渺小得不能再渺小了。你倘若问一个燕园中人，决不会有任何人注意到这一棵古藤的存在的，决不会有任何人关心它的死亡的，决不会有任何人为之伤心的。偏偏出了我这样一个人，偏偏让我住到这个地方，偏偏让我天天走这一条幽径，偏偏又发生了这样一个小小的悲剧；所有这一些偶然性都集中在一起，压到了我的身上。我自己的性格制造成的这一个十字架，只有我自己来背了。奈何，奈何！

但是，我愿意把这个十字架背下去，永远永远地背下去。

1992 年 9 月 13 日

乌鸦和鸽子

傍晚，我们来到了清凉宫。正当我全神贯注地欣赏绿玉似的草地和珊瑚似的小红花的时候，忽然听到天空里一阵哇哇的叫声。啊！是乌鸦。一片黑影遮蔽了半个天空，想不到暮鸦归巢的情景竟在这里看到了。

这使我立即想起了三十多年以前我第一次缅甸之行。我首先到了仰光，那种堆绿叠翠的热带风光牢牢地吸引住了我。但是，更吸引住了我，使我感到无限惊异的是那里的乌鸦之多。我敢说，在世界的任何地方都不会有这么多的乌鸦。据说，缅甸人虔信佛教，佛教禁止杀生。乌鸦就趁此机会大大地繁殖起来，其势猛烈，大有将三千大千世界都化为乌鸦王国的劲头。

我曾在距离仰光不太远的伊洛瓦底江口看到我生平第一次见到的最大的乌鸦群，恐怕有几万只。停泊在江边的大小船上的桅杆上、船舱上、船边上，到处都落满了乌鸦，漆黑一大片。在空中盘旋飞翔的，数目还要超过几倍。简直成了乌鸦的世界，乌鸦的天堂，乌鸦的乐园，乌鸦的这个，乌鸦的那个，我理屈词穷，我说不出究竟是乌鸦的什么了。

今天早晨，也就是到清凉宫去的第二天的早晨，参观哈

|叁| 花开如火，也如寂寞

奴曼多卡古王宫时，我第二次看到了生平见到的最大的乌鸦群之一，大概有上千只吧。它们忽然一下子从王宫高塔的背面飞了出来，嘡哨一声，其势惊天动地，在王宫天井上盘旋了一阵，又嘡哨一声，飞到不知道什么地方去了。

乌鸦在中国古代被认为是不吉祥的动物，名声不佳。人们听到它们的鸣声，往往起厌恶之感。可是这些年以来，在北京，甚至在树木葱茏的燕园里面，除了麻雀以外，别的鸟很少见到了。连令人讨厌的乌鸦也逐渐变得不那么讨厌了。它们那种绝不能算是美妙的叫声，现在听起来大有日趋美妙之势了。

我在加德满都不但见到了乌鸦，而且也见到了鸽子。

鸽子在北京现在还是能够见到的，都是人家养的，从来没有听说过野鸽子。记得我去年春天到印度新德里去参加《罗摩衍那》的作者蚁垤国际诗歌节，住在一家所谓五星旅馆的第十九层楼上。有一天，我出去开会，忘记了关窗子。回来一开门，听到鸽子咕噜咕噜的叫声。原来有两位长着翅膀的不速之客，趁我不在的时候，到我房间里来了。两只鸽子就躲在我的沙发下面亲热起来，谈情说爱，卿卿我我，正搞得火热。看到我进来，它俩坦然无动于衷，丝毫没有想逃避的意思，也看不出一点儿内疚之意。倒是我对于这种"突然袭击"感到有点儿局促不安了。原来印度人绝不伤害任何动物。鸽子们大概从它们的鼻祖起就对人不怀戒心，它们习惯于同人们和平共处了。反观我们自己的国家，情况有很大的不同。专就北京来说,鸟类的数目越来越少。每当我在燕园内绿树成荫的地方,或者在清香四溢的荷花池边,看到年轻人手持猎枪、横眉竖目,在寻觅枝头小鸟的时候,我简直内疚于心,说不出话来。难道在这些地方我们不应该向印度等国家学习吗?

我不是哲学家,也不喜欢,更不擅长去哲学地思考。但是古今中外都有不少的哲人,主张人与大自然应该浑然一体,人与鸟兽(有害于人类的适当除外)应该和睦相处,相向无猜,谁也离不开谁,谁都在大自然中有生存的权利。我是衷心地赞成这些主张的。即使到了人类大同的地步,除了人与人之间的关系应该同过去完全不同之外,人与大自然的关系,其中也包括人与鸟兽的关系,也应该大大地改进。我不相信任何宗教,我也不是素食主义者。人类赖以为生的动植物,非吃不行的,当然还要吃。只是那些不必要的、损动物而不利己的杀害行为,应该断然制止。写到这里,我忽然想到一件不大不小的事:过去有一段时间,竟然把种草养花视为"修正主义"。我百思不得其解。有这种主张的人有何理由?是何居心?真使我惊诧不置。世界一切美好的东西,不管是人类,还是鸟兽虫鱼、花草树木,我们都应该会欣赏,有权利去欣赏。我认为,这是天经地义的真理。难道在僵化死板的气氛中生活下去才算得上唯一正确吗?

写到这里,正是黎明时分。窗外加德满都的大雾又升起

|叁| 花开如火，也如寂寞

来了。从弥漫天地的一片白色浓雾的深处传来了咕咕的鸽子声，我的心情立刻为之一振，心旷神怡，好像饮了尼泊尔和印度神话中的甘露。

1986 年 11 月 26 日凌晨

肆

见识天地，行者无疆

　　我现在希望得到的是一片人间净土，一个世外桃源。万没想到，我又于无意中得到了净土和桃源。我每次从燕园驱车往大觉寺来，胸中的烦躁都与车行的距离适成反比，距离愈拉长，我的烦躁愈减少。

表的喜剧

自己是乡下人,没有见过多大的世面,乡下人的固执与畏怯还保留了一部分。初到柏林的时候,刚走出车站,头里面便有点朦胧。脚下踏着的虽然是光滑的柏油路,但我却仿佛踏上了棉花。眼前飞动着汽车、电车的影子,天空里交织着电线,大街小街错综交叉着:这一切织成了一张有魔力的网,我便深深地陷在这网里。我惘然地跟着别人走,我简直像在一片茫无涯际的大海里摸索。

在这样一片茫无涯际的大海里,我第一次感觉到表的重要,因为它能告诉我,什么时候应当去吃饭,什么时候应当去访人。说到表,我是一个十足的门外汉。在国内的时候,朋友中最少也是第三块表,或是第四块表的主人。然而对我,表却仍然是一个神秘的东西。虽然有时在等汽车的时候,因为等得不耐烦了,便沿着街向街旁的店铺里张望,希望能发现一只挂在墙上的钟,看看时间究竟到了没有。但张望的结果,却往往是,走了极远的路而碰不到一只钟。即便侥幸能碰到几只,然而每只所指的时间,最少也要相差半点钟。而且因为张望的姿态有点近于滑稽,往往引起铺子里伙计的注意,用怀疑的眼光看我几眼。当我从这怀疑的眼光的扫射下怀了一肚皮的疑虑逃回汽车站的时候,汽车已经开走了。一直到去年秋天，自己要按钟点挣面包的时候，才买了一块表。然而只走了三天，它就停了。到表铺一问，说是发条松了，修理好了后不久又停了。又去问，说是针有毛病。修理到五六次的时候，计算起来，修理费已经超过了原价，但它却仍然僵卧在桌子上。我便下决心，花了相当大的一个数目另买了一块。果然能使我满意了。这表就每天随着我，一直随我坐上西伯利亚的火车。然而在斯托尔普塞换车的时候，因为急着搬行李，竟把玻璃罩碰碎了。在当时惶遽仓促的心情下，并不觉得是一个多大的损失，就把它放在一个茶叶瓶里，又坐了火车。当我到了这茫无涯际的海似的柏林的时候，我才又觉到它的重要了。

于是在到了的第三天，就由一位在柏林住过两年的朋友陪我出去修理。仍然有一张充满了魔力的网笼罩着我的全身。我迷惘地随着他走，终于在康德街找到了一家表铺。说明了要换一个玻璃罩，表匠给了我一张纸条。我只看到上面有黑黑的几行字的影子，并没看清是什么字。因为我相信，上面最少也会有这表铺的名字和地址；只要有名字和地址，表就可以拿回去的。他答应我们第二天去拿，我们就跨出了铺门。

第二天的下午，我不愿意再让别人陪我走无意义的路，便自己出发去取表。但是一想到究竟要到什么地方去取呢，立刻有一团迷离错杂的交织着电线的长长的街的影子浮动在我的眼前。我拿出那张纸条来看，才发现，上面只印着收到一只修理的表，铺子名字却没有，当然更没有地址。我迷惑了，但我却不能不找找看。我本能地沿着康德街的左面走去，因为我虽然忘记了地址，但我却模模糊糊地记得是在街的左面。我走上去，把注意力集中到每个铺子的招牌上，每个铺子的窗子里。我看过各种各样的招牌和窗子。我时时刻刻预备着接受这样一个奇迹，蓦地会有一个表字或一只表呈现到我的眼前。然而得到的却是失望。我仍然走上去，康德街为什么竟这样长呢？我一直走到街的尽端，只好折回来再看一遍。终于在一大堆招牌里我发现了一个表铺的招牌，因为铺面太小了，刚才竟漏了过去。我仿佛到了圣地似的快活，一步跨进去。但立刻觉得有点不对，昨天我们跨进那个表铺的时候，那位修理表的老头正伏在窗子前面工作。我们一进去，他仿佛吃惊似的把一把刀子掉在地上。他伏下身去拾刀子的时候，我发现他背后有一架放满了表的小玻璃橱，但今天那架橱子移到哪儿去了呢？还没等我把这疑虑扩散开来，主人出来了，也是一位老头。我只好把纸条交给他，他立刻就去找表。看了他的神气，想到刚才自己的怀疑，我笑了。但找了半天，表都没找到。他用手搔着发亮的头皮，显出很焦急的样子。他告诉我，他的太太或者知道表放在什么地方，但她现在不在家，让我第二天再去。他仿佛很抱歉的样子，拿过一支铅笔来，把他的地址写在那张纸条的后面。我只好跨出来，心里充满了疑惑和不安定，当我踏着暮色走回去的时候，对着这海似的柏林，我叹了一口气。

过了一个杂念缭绕的夜，我又在约定的时间走了去。因为昨天毕竟有过那样的怀疑，所以走在路上的时候，我仍然注意每一个铺子的招牌和窗子里陈列的东西，希望能再发现一个表铺。不久我的希望就实现了，是一个更小的表铺。主人有点驼背。我把纸条递给他，问他，是不是他的。他说不是。我只好走出来，终于又走到昨天去过的那铺子。这次老头不在家，出来的是他的太太。我递给她纸条。她看到上面的字是她丈夫写的，立刻就去找表。她比老头还要焦急。她拉开每一个抽屉，每一个橱子；她把每一个纸包全打开了；她又开亮了电灯，把暗黑的角隅都照了一遍。然而表终究没找到。这时我的怀疑一点都没有了，我的心有点跳，我仿佛觉得我的表的的确确是送到这儿来的。我注视着老太婆，然而不说话。看了我的神情，老太婆似乎更焦急了。她的白发在电灯下闪着光，有点颤动。然而表却就是找不到，她又有什么办法呢？最后她只好对我说，她丈夫回来的时候问问看，她让我过午再去。我怀了更大的疑惑和不安定走了出来。

当天的过午，看看要近黄昏的时候，我又一个人走了去，一开门，里面黑沉沉的；我觉得四周立刻古庙似的静了起来；我能听到自己的心跳动的声音。等了好一会儿，才见两个影子从里面移动出来。开了灯，看到是我，老头显得有点惊惶，老太婆也显露出不安定的神色。两个人又互相商议着找起来；把每一个可能的地方全找遍了，但表却终究没找到。老头更用力地用手搔着发亮的头皮，老太婆的头发在灯影里也颤动得更厉害。最后老头终于忍不住问我了，是不是我自己送来的。这问题真使我没法回答。我的确是自己送来的,但送的地方不一定是这里。我昨天的怀疑立刻又活跃起来。我看不到那个放满了表的小玻璃橱,我总觉得这地方不大像我送表去的地方。我于是对他解释说,我到柏林还不到四天,不熟悉街道。我问他,那纸条是不是他发给我的。他听了,立刻恍然大悟似的噢了一声,没有说什么,很匆忙地从抽屉里拿出一沓纸条,同我给他的纸条比着给我看。两者显然有极大的区别:我给他的那张是白色的,然而他拿出的那一沓却是绿色的,而且还要大一倍。他说,这才是他的收条。我现在完全明白了我走错了铺子。因为自己一时的疏忽,竟让这诚挚的老人陪我演了两天的滑稽剧,我心里实在有点过意不去。我向他道歉,我把我脑筋里所有的在这情形下用得着的德文单字全搜寻出来,老人脸上浮起一片诚挚而会意的微笑,没说什么。然而老太婆却有点生气了,嘴里嘀咕着,拿了一块橡皮用力在我给她的那张纸条上擦,想把她丈夫写上的地址擦了去。我却不敢怨她,她是对的,白白替我担了两天心,现在出出气,也是极应当的事。临走的时候,老头又向我说,要我到西面不远的一家表铺去问问,并且把门牌写给我。按着号数找到了,我才知道,就是我上午去过的主人有点驼背的那个铺子。除了感激老头的热诚以外,我还能说什么呢?

　　我沿着康德街走上去,心里仿佛坠上了一块石头。天空里交织着电线,眼前是一条条错综交叉的大街小街,街旁的电灯都亮起来了,一盏盏沿着街引上去,极目处是半面让电灯照得晕红了起来的天空。我不知道柏林究竟有多大,我也不知道我现在在柏林的哪一部分。柏林是大海,我正在这大海里漂浮着,找一个比我自己还要渺小的表。我终于下意识地走到我那位在柏林住过两年的朋友家里去,把两天来找表的经过说给他听;他显出很怀疑的神情,立刻领我出来,到康德街西侧的一个表铺里去。离我刚才去过的那个铺子最少有二里路。拿出了收条,立刻把表领出来。一拿到表,我心里有说不出的感觉,我仿佛亲手捉到一个奇迹。我又沿了康德街走回家去。当我想到两天来演的这一幕小小的喜剧,想到那位诚挚的老头用手搔着发亮的头皮的神情的时候,对着这大海似的柏林,我自己笑起来了。

1935年12月2日于德国哥廷根

大觉寺

我为什么对大觉寺情有独钟呢?这问题提得很自然,但又显得颇为突兀。我似乎能答复,又似乎还不能。

将近七十年前,当我在清华园读书的时候,北京的古寺名刹,我都是知道的,什么潭柘寺、戒台寺、碧云寺、卧佛寺等等,我都清楚,当时既无公共汽车,连自行车都极少见。我曾同一些伙伴"细雨骑驴登香山"。雨中山清水秀,除了密林深处间或有小鸟的啁啾声外,几乎是万籁俱寂。我决非像陆放翁那样的诗人,但是,此时此地心中却溢满了诗意。"此中有真意,欲辨已忘言",实不足为外人道也。

可是,大觉寺这个古刹,我却是没有听说过的。它对我完全是陌生的。原因大概是,这一座千年古刹在当时已经凋零颓败,再没有参观旅游的价值,被人们弃若敝屣了。

时间一下子跳过了五十年,我已届古稀之年,可以说是一个地地道道的老人了,可是我偏一点老的感觉都没有,有时候还会忽发少狂。此时,大觉寺已经名传遐迩,那一棵有三百年树龄的"玉兰之王"就生长在大觉寺中,每年春天花发时总会吸引众多的游人前去观赏。

80年代初的一个春天,听说"玉兰之王"正在繁花怒放,我于是同大泓和二泓骑自行车,长驱三四十公里,到大觉寺去随喜。走在半路上,想停车休息一会儿,我的双腿已经麻木,几乎下不了车。幸亏了有两个孩子的扶掖,才勉强再登上了车,鼓起余勇,一鼓作气,终于到达了大觉寺。

　　人们,其中包括一些学者们,常说:第一个印象是最准确、最清晰,因而也就是最符合实际情况、最可靠的印象。我对大觉寺的第一个印象怎样呢?山门虽不新,但也没有给人以寥落颓败之感,想必是在过去五十年中修缮过一次,所以才有现在这个情况。这一天来的人多如过江之鲫,到处人声喧阗,古寺的沉寂完全被打破。好不容易挤进了寺门,只见殿阁庄严,花木葳蕤。丁香、藤萝已经开过,只剩下绿叶肥大。最引人注目的是那几棵千年古松柏,树身如苍龙盘曲,尖顶直刺入蔚蓝的晴空,使人看了,精神立刻为之一振。我们先看了北玉兰院的几棵玉兰,花开得正茂密。最后转到南玉兰院,看那一棵"玉兰之王"。躯干极粗,但是主干已锯掉,只剩下旁枝,至少已有上百年的历史;但是比起三百余年的主干,仍然如小巫见大巫。此时玉兰花正在怒放,花开得茂密压枝。与之相对的是一棵树龄比较小一点的紫玉兰。两棵树一白一紫,相映成趣。大地的无限活力仿佛都随着花朵喷涌出来。无论谁看了,都会感到生命力的无穷无尽;都会感到人间的可爱,人间净土就在眼前;都会油然产生凌云的壮志。我们也都兴会淋漓,又走上后山,看了水泉。然后出寺野餐,又骑上自行车,回到了燕园,留下了终生难忘的记忆。

| 肆 | 见识天地，行者无疆

　　时间又一下子跳了将近二十年。我已经到了望九之年，垂垂老矣。两年前，我忽然接到一份请柬，要我到大觉寺去为明慧茶院开院典礼剪彩。这使我有点惊愕：大觉寺怎么会同什么明慧茶院联系到一起呢？我准时去了，这是我第三次进大觉寺。此时此地，如果在江南正是"杂花生树，群莺乱飞"的季节，现在这里却只有杂花，而无群莺。寺内外已加修缮，特别是从南玉兰院一直到后面上面水泉楼一路几层院落，修饰得美轮美奂，金碧辉煌，雕梁画柱，熠熠闪光。简直是换了人间，大非昔比了。可惜丁香、玉兰已经开过花，只有那一架古藤萝仍然是繁花满枝，引得蜜蜂团团飞舞。

　　明慧茶院是怎么一回事呢？原来是北大中文系毕业生欧阳旭先生弃学从商，用现在的话来说就是"下了海"。欧阳英年岐嶷，经营有方，过了没有多久，经营就有可观的规模。但他毕竟是文化人，发财不忘文化。在众多经营之余，在海淀创办了国林风书店，其规模之大，可与风入松书店并驾齐驱。其藏书之精，又与万圣、风入松鼎足而三，为首都文化中心海淀增一异彩。据欧阳旭亲口告诉我，几年前，他同几个伙伴秋游，到了傍晚，在西山乱山丛中迷了路。"黄昏到寺蝙蝠飞"，他们碰巧走进了一座古寺，回不了城，就借住在那里。这就是大觉寺。夜里，他同管理寺庙的人剪烛夜话，偶然心血来潮，想在这座幽静僻远的古刹中创办点什么。三谈两谈，竟然谈妥，于是就出现了明慧茶院。难道这不就是佛家所说的因缘，俗语所说的机遇，哲学家所说的偶然性吗？

可是我心中有一个谜,至今仍处在解决与未解决之间。在宝刹大觉寺中可以兴办的事业是很多很多的,为什么欧阳旭独独钟情于茶呢?中国是茶的原产地,茶文化是中华文化不可分割的一个组成部分,中国饮茶的历史至少已有一两千年,而且茶文化传遍了世界,在日本独为繁荣,形成了闻名世界的日本茶道,也是日本文化不可分割的一部分。在欧洲,最著名的饮茶国家,喝的是红茶;在北非和中东,阿拉伯国家也喜欢饮茶,喝的是龙井,是绿茶。根据最近的世界饮料新动向,茶叶大有取代咖啡和可可之势,行将见中国的茶文化传遍世界,为人类造福,为中华添彩,发扬光大之日,就在眼前了。

谈到饮茶,必须有两个绝不可缺少的条件:一个是茶,一个是水。北方不产茶,至少是北京不能产茶,这是天意,谁也无力回天。至于水,北京是有的。但是山中有水,在北方实如凤毛麟角。有水斯有寺,有寺斯有名,这是北京独特规律。山泉与普通河水迥乎不同,它来自高山深处,毫无污染,而且还含有许多对人体有益的微量元素,入口甘甜,如饮醍醐。再加上名茶一泡,天造地设,相得益彰。大觉寺就以泉水著称,一千余年前的辽代之所以在这里建寺,主要就是这里有甘泉。不管天多么旱,泉水总是从寺后最高处潺湲流出,永不衰竭。这是一个极为难得的条件。甘泉再佐以佳茗,则两美俱矣。这个好像摆在眼前现成的想法,为什么别人就从未想到过,只有等到 20 世纪末来了一个年轻小伙子欧阳旭才想到了，而且立即付诸实施建立了明慧茶院呢？这里面难道还有什么十分深奥难测的奥义吗？

不管怎样，明慧茶院建立起来了。开幕的那一天，虽然没有能看到玉兰开花，但是，到的名人颇为不少，学术界和艺术界的一些著名人物，如欧阳中石、范曾等等，都光临了。大家在憩云轩观赏禅茶表演。几个被派到南方专门学习禅茶表演的年轻的女孩子，在挂在门上的绣有一个大大的"禅"字的帷幕前，在一张精心布置的桌子上，认真表演茶艺，伴奏的是佛乐，庄严肃穆，乐声低沉而清越。唐明皇当年听到了仙乐，"骊宫高处入青云，仙乐风飘处处闻"。此时我们听到的是佛乐，乐声回荡在憩云轩前苍松翠柏之间，回荡到下面"玉兰之王"所住的明德轩小院中，回荡到上面山泉流出处的楼阁间，佛乐弥漫了整个大觉寺，仿佛这里就是人间净土，地上桃源。我因为坐在第一张桌子旁，得天独厚，得以喝到第一杯禅茶，味道确同平常的不同，其余的嘉宾也都听了佛乐，喝了名茶，大家颇有点流连忘返之意。

从此北京西山增添了一个景点。

而我心中则增添了一个亮点。

我有时候无缘无故地就想到大觉寺，神驰那里的苍松翠柏、玉兰、藤萝。第二年，正当玉兰花开花的时候，我急不可待地第四次到了大觉寺。那时许多棵玉兰都在奋勇怒放。那一棵"玉兰之王"开得更是邪乎，满树繁花，累累垂垂，把树干树枝完全盖满，只见白花，不见青枝，全树几千朵花仿佛开成了一朵硕大无朋的白色大花,照亮了明德轩小院,照亮了整个大觉寺,照亮了宇宙。逼得旁边那一棵有名的鼠李寄柏干瘪无光。连同"玉兰之王"对生的那一棵紫玉兰也失去了光彩。我失去了描绘的能力,思想和语言都一样,嘴里只能连声赞叹:奈何!奈何!

过了不过个把月,我又一次来到了大觉寺,这次同来的有侯仁之、汤一介、乐黛云、李玉洁等人,我们第一次在这里过夜。侯仁之和我两个老头儿,被欧阳旭安排在明德轩所谓"总统套房"中。既曰"总统",必然华贵。我是个上不得台盘的人,平生不想追求华贵。我曾在印度总统府里住过。在一间像篮球场那样大的房间里,一个卧榻端端正正摆在正中央。我躺在上面,四顾茫然,宛如孤舟大洋,海天渺茫,我一夜没有睡着。今天又要住总统套房,心里真有点嘀咕。此时玉兰已经绿叶满枝,不见花影,而对面的一棵太平花则正在疯狂怒放,照得满院生辉。晚饭后,我们几个人围坐在太平花下,上天下地,闲聊一番。寂静的古寺更加寂静,仿佛宇宙间只有我们几个人遗世而独立,身心愉快,毕生所无。走进总统套房,居然一夜酣睡,真如羲皇上人矣。

第二天,我照例四点起床,走出明德轩。此时晨曦未露,夜气犹存,微风不起,松涛无声。太平花似乎还没有睡醒,"玉兰之王"的绿叶也在凝定不动。古寺中一片寂静。只有屋脊上狂窜乱跳的小松鼠,跑来跑去,络绎不绝,令人感到宇宙还在活着,并未寂灭。我一个人独立中庭,享受了生平第一个恬谧甜蜜的早晨,让我永世难忘。

从此以后,我心中的那个亮点更加明亮了。我常常想到大觉寺,只要有机会,我就到大觉寺来。能够谈得来的一些朋友,我也想方设法请他们到大觉寺来品茗,最好是能住上一夜,领略一下这一座古寺的静夜幽趣。连从台湾不远千里而来的台湾大学图书馆馆长林光美女士,尽管是南北奔波,我也请她到大觉寺来住了一夜。她是品茗专家,是内行,她对大觉寺泉水和名茶的赞扬,其意义应该说是与众不同的,现在她已经回到了台北,我相信,她带回去的一定是对大觉寺美好的回忆。

至于我自己为什么这样向往大觉寺呢?这要同我目前的生活情况谈起。近几年来,不知道是从哪里来的一片虚名,套在了我的头上,成了一圈光环,给我招惹来了剪不断理还乱的麻烦。这个会长,那个主编,这个顾问,那个理事,纷至沓来,究竟有多少这样的纸冠,我自己实在无法弄清,恐怕只有上帝知道了。我成了采访的对象,这个电台,那个电视台,这家报纸,那家杂志,又是采访录像,又是电话采访。一遇到什么庆典或什么纪念,我就成了药方中的甘草,万不能缺。还有无穷无尽的会议,个个都自称意义重大,非参加不行。每天下午,我就成了专家门诊的专家,客厅里招待一拨客人,另外一拨或多拨候诊者只好在别的屋里等候。采访者照相成了应有之义。做道具照相,我已习惯;但是,照相者几乎每次必高呼:"笑一笑!"试问我一肚乱絮般的思绪,我能笑得起来吗？即使勉强一笑，脸上成什么模样，我自己是连想都不敢想的。校系两级领导，关心我的健康，在我门上贴上了谢绝会客的通知。然而知书识字的来访者却熟视无睹，依然想方设法闯进门来。听说北京某大学某一位名人，大概遇到了同我一样的遭遇，自己在门上大书：某某死了！但是，死了也不行，他们仍然闯进门来，要向遗体告别。

十年浩劫期间，我成了"不可接触者"。几年之内，我没接到一封来信，没有一个客人。走在校内，没有哪个人敢同我说上一句话。我自己知趣，凡上路，必茫然向前看，决不左顾右盼，也决不敢踩别人的影子，以免把灾殃传给别人。你说，这样心里能痛快吗？当然不能。有时候我一个人困居斗室，感前途之无望，悲未来之渺茫，只觉得凄凉，孤独，寂寞，无助，此中滋味，非同病者实难相怜也。

然而，物换斗移，时异世迁，我从一个"不可接触者"一变而为"极可接触者"，宛如从十八层地狱一下子跃上三十三天。最初有一阵喜悦，自是人之常情。然而，时隔不久，这喜悦就逐渐淡漠下来，代之而起的是无名的苦恼。"千秋万岁名，寂寞身后事"，我不想争名。我的收入足以维持我那水平不高的生活，我不想夺利。我现在要求最迫切的是还我清静。"不可接触者"是最容易得到清静的。然而他年于无意中得之的"不可接触者"的地位，如今却是可望而不可即了。

我现在希望得到的是一片人间净土，一个世外桃源。万没想到，我又于无意中得到了净土和桃源，这就是欧阳旭在大觉寺创办的明慧茶院。我每次从燕园驱车往大觉寺来，胸中的烦躁都与车行的距离适成反比，距离愈拉长，我的烦躁愈减少，等到一进大觉寺的山门，我的烦躁情绪一扫而光，四大皆空了。在这里，我看到了我的苍松、翠柏、丁香、藤萝、梨花、紫荆，特别是我的玉兰和太平花，它们都好像是对我合十致敬。还有屋脊上蹿跳的小松鼠，也好像对我微笑。我想到我前不久写的那一副对联：屋脊狂窜小松鼠，满院开满太平花。不禁心旷神怡，虽古代桃花源中人，也不得不羡慕我了。

大概从人类有了较大的城市之日起，城市就与大自然形成了对立面，形成了鲜明的对照。连一千多年前的陶渊明都曾高唱"久在樊笼里，复得返自然"，欢悦之情，跃然纸上。清代末年，德国汉学家福兰阁任德国驻清朝的外交官，经常"上山"。我从他儿子傅吾康嘴里经常听到"上山"这个词儿。上哪个山呢？我从来没有问过，反正他每次来北京，总有一半时间"上山"。最近我才知道，他们父子俩上的山就是大觉寺，德国人毕竟是热爱自然的民族。到了今天，城市越来越大，越来越热闹，红尘万丈，喧嚣无度，虽然不能每个人都有像我那样的烦躁，但烦躁总会有的，只不过程度高低不同而已。大家都会渴望拥抱大自然，都在不同程度上想找一个人间净土，世外桃源。可每一个并不能都找得到，这不能不说是一件憾事。

我是有福的,我找到了大觉寺明慧茶院,而且帮助我的朋友们认识这是一块人间净土,世外桃源,我的朋友们也都有福了。

我心中的那一个亮点将会愈来愈亮,愈亮。

1999 年 5 月 22 日写毕

游小三峡

愧我孤陋寡闻,虽然已届耄耋之年,而且1955年还畅游过一次三峡;但是,直到不久以前,我还只知有大三峡,小三峡则未之见也。

最近几年来,风闻"小三峡"这个名词,我也隐隐约约朦朦胧胧地认为,这只不过是在葛洲坝修建以后,长江上游水涨,因而形成了这个所谓"小三峡"而已。我并没有什么渴望想去游历一番。

然而,世界事有大出人意料者。今年九、十月之交,中国的《人民日报》与日本的《朝日新闻》联合举办"展望二十一世纪的亚洲——国际讨论会",租了一艘长江上的豪华游轮"峨眉号",边游三峡,边开会。我应邀参加。日程表上安排有游小三峡一项。直至此时,也还没有能引起我的注意和兴趣,我只不过觉得游一游也不错而已。

游轮驶过了闻名世界的神女峰等等景观,在巫山县停泊。在这里换小艇进入大宁河,所谓小三峡就在这里。我此时才如梦初醒:原来还真有一个小三峡呀!

在这里,我立即注意到了一个奇怪的现象。长江水由于上游水土流失极端严重,原来的清水已经变成了黄水,同黄河差不多了,而大宁河水则尚清澈。两股水汇流处,一清一黄，大有泾渭分明之概。我的耳目为之一新，精神为之一振了。我们在大三峡中已经航行了不短的距离，大自然的瑰丽奇伟的风光，已经领略了不少。我现在虽然承认了，世上真还有一个小三峡，但是，在我下意识中又萌生了一个念头：小三峡的风光决不会超过大三峡。如果真正超过了的话，那岂不是本末倒置了吗？

然而，这回我又错了。小艇转入小三峡以后不久，我就不断地吃惊起来。这里的水势诚然比不上长江的混茫浩瀚，没有杜甫所说的那样"不尽长江滚滚来"的气势。然而水平如镜，清澈见底。两岸耸立的青山也与大三峡有所不同。在那里，岸边的悬崖绝壁，葱茏绿树，只能远观；有时还被罩在迷蒙的云雾中，不露峥嵘。在这里却就在我们身边，有时简直就像悬在我们头顶上，仿佛伸手就可以摸到。峭壁千仞，我原以为不过是一句套话。这里的峭壁真有千仞，而且是拔地而起，笔直上升。其威势之大，简直让我目瞪口呆，胆战心寒。不由得你不叹宇宙之神奇。至于碧树，真是绿到无以复加的程度。这碧绿，仿佛凝结成液体，"滴翠"二字决不是夸张。我坐在小艇上，好像真感觉到这碧绿滴了下来，滴到了我的头上，滴到了别人头上，滴到了小艇中，滴到了清水中，与水的碧绿混在一起，幻成了一个碧绿的宇宙。

同是碧绿，并不单调。河回路转，岸上景色一时一变，大有山阴道上应接不暇之慨。导游小姐口若悬河，把两岸山上的著名景观说得活灵活现。同别的名胜一样，这些景观大都同中国的珍奇动物,同民间流行的神话传说联系起来,什么熊猫洞,什么猴子捞月,什么水帘洞,什么观音坐莲台,等等,等等。如果她不说,你或许不会想到。但是,经她一指点,则就越看越像,不得不佩服当地老百姓幻想之丰富了。

两岸山上,也有不是幻想的东西,确确实实是人工造成的东西。比如栈道。在悬崖峭壁上,我看到一排相隔一二尺的小方洞,是人工凿成的。方洞中插上木板,当年拉纤的奴隶就赤足走在上面。据说这样的栈道竟长达四百里。我们很容易想象出,这玩意儿有多么危险。还比如悬棺,也同样是凿在悬崖峭壁上的洞,这个洞当然要大得多,大得能容下一口棺材。我们今天很难想象,这棺材是怎样抬上去的。在中国的西南一带,有悬棺的地方颇为不少。这可能是当地民族的一种特殊的风习。

正当大家聆听导游小姐生动的讲解,欣赏两岸高山的名胜古迹时,忽然有人大喊了一声:"猴子!猴子!"全艇的人立刻活跃起来。我虽然老眼昏花,此时也仿佛得到了神力,似乎能明察秋毫了。我抬头向右岸的山崖上绿树丛中望过去,果然看到几只猴子,在树枝上跳来跳去。灰黄色的皮毛衬上了树的碧绿,仿佛凸出来似的,异常清晰明显。

艇上的中日人士都熟悉唐代大诗人李白的那一首著名的诗:

> 朝辞白帝彩云间,
> 千里江陵一日还。
> 两岸猿声啼不住,
> 轻舟已过万重山。

这是多么美妙无比的情景啊！可惜的是，三峡的猿声早已消逝；很久以来就没有能听到了。我曾担心，我们的子子孙孙永远再也没有可能欣赏李白诗中的意境了。然而，眼前，就在这小三峡中，猴子居然又露了面，为小三峡增加美妙，为人类增添欢乐，我们艇上这一群人的兴奋和喜悦，还能用言语来表达吗？

全艇的人兴会淋漓，谈笑风生。本来已经够美妙绝伦的山水，仿佛更增添了几分妩媚，山仿佛更青，水仿佛更秀，连小艇也仿佛更轻，飞速地驶在绿琉璃似的水面上，撞碎了天空中白云的倒影，撞碎了青峦翠峰的倒影。我们此时真仿佛离开了人间，飘飘然驶入仙境了。

由于时间关系，我们无法走到小三峡的尽头，也就是大宁河能通航的一百二十公里。走了大约一半的路程，我们的小艇就转回头来，走上归程。

沿岸的风光我们已经看过一遍，用不着再讲解、翻译。活泼的导游小姐也坐下来休息了。又因为此时已是顺水行舟，艇速极快。艇上的人也多半坐在那里，自由交谈，甚至有人在闭目养神。一切都比较清静，没有来时那样的兴奋和激动了。

然而日本学者却突然又兴奋活跃起来。他们站起身来,又是招手,又是欢笑。原来他们在一艘逆水而上的游艇上看到了日本前首相中曾根康弘,他也来游小三峡了。这真是一次意想不到的事情。两艘游艇,一只上水,一只下水,擦肩而过,只在一瞬间。可艇中的宁静的气氛再也保持不下去了。中日双方的学者们,还有专程陪我们游览的县委书记和随从们,精神又都抖擞起来,小艇又载满了欢声笑语了。

我在这里顺便插上几句话。回到北京以后,我在《人民日报》上读到了林林同志翻译的中曾根的俳句《小三峡舟行》:一泓秋水分山脉,波光何碧绿。伴赤壁凝立,望澄澈之秋空。可见此时不是政治家而是诗人的中曾根康弘先生是多么陶醉于中国的山水中而诗兴淋漓了。

回头再说我们小艇中的情景。大家看到了日本的前首相来游中国的小三峡,可见小三峡吸引力之大。大家把话题一转,自然而然就转到了中日山水的比较上。日本全国山清水秀,几乎可以说,全国就是一个大花园。日本人爱美之心和洁癖,扬名世界。每一个家庭,门前总有一个小花园。哪怕只有一丈见方,也必然栽上一棵松树,种上一些花草,看上去美妙无比,真令人赏心悦目。天然景色也并不缺少,像富士山、箱根等等著名的风景胜地,更真正能拴住游者的心。但是,日本毕竟是一个岛国,地方是有限的,像中国的大、小三峡,在日本是无法想象的。即使造物主想对日本垂青,他也无法把大、小三峡安放在日本列岛上。这是再明显不过的事实。

大家七嘴八舌，畅谈不休。日本朋友看上去也非常兴奋，兴致很高。他们心里怎么想，我当然不得而知。然而在这气象恢弘、鬼斧神工般的小三峡中，大自然景观的威力压在每一个人头上，令人目眩神移，谁也无法否认摆在眼前的这个事实了。

对我个人来讲，过去不知道有多少次了，我目击祖国的名山大川，常常感慨万端。过去我朦朦胧胧不甚了了的小三峡，现在又摆在我的眼前，我说不出话来。自然的伟大和威力，我这一支拙笔是描绘不出来的。我虔心默祝，感谢大自然独垂青于我中华，独钟爱我们的赤县神州。我感到骄傲，感到光荣，觉得我们这一片土地真是非常可爱的。这种感觉或者感情，将永远保留在我内心深处。

1992 年 11 月 24 日

美人松

我看过黄山松，我看过泰山松，我也看过华山松。自以为天下之松尽收眼中矣。现在到了延边，却忽然从地里冒出来了一个美人松。

我年虽老迈，而见识实短。根据我学习过的美学概念，松树雄奇伟岸，刚劲粗犷，铁根盘地，虬枝撑天，应该归入阳刚之美。而美人则娇柔妩媚，婀娜多姿，应该归入阴柔之美。顾名思义，美人松是把这两种美结合起来的。两种截然相反的东西，竟能结合在一起，这将是一种什么样子呢？

我就这样怀着满腹疑团，登上了驶往长白山去的汽车。一路之上，我急不可待，频频向本地的朋友发问：什么是美人松呀？美人松是什么样子呀？路旁的哪一棵树是美人松呀？我好像已经返老还童，倒转回去了七十年，成了一个充满了好奇心的顽童。

汽车驶出延吉已经一百七十多公里，我们停下休息，在此午餐。这个地方叫二道白河，是一个不大的小镇。完全出我意料，在我们的餐馆对面，只隔着一条马路，有一小片树林，四周用铁栏围住，足见身份特异。我一打听，司机师傅漫应之曰："这就是美人松林，是全国，当然也就是全世界唯一的一片美人松聚族而居的地方，是全国的保护重点区。"他是"司空见惯浑无事",而我则瞪大了眼睛,惊诧不已:原来这就是美人松呀!

我的疲意和饿意,顿时一扫而空。我走近了铁栏杆,把全身的神经都集中到了双眼上,原来已经昏花的老眼蓦地明亮起来,真仿佛能洞见秋毫。我看到眼前一片不大的美人松林,棵棵树的树干都是又细又长,一点也没有平常松树树干上那种鳞甲般的粗皮,有的只是柔腻细嫩的没有一点疙瘩的皮,而且颜色还是粉红色的,真有点像二八妙龄女郎的腰肢,纤细苗条,婀娜多姿。每一棵树的树干都很高,仿佛都拼着命往上猛长,直刺白云青天。可是高高耸立在半空里的树顶,叶子都是不折不扣的松树的针叶,也都像钢丝一般,坚硬挺拔。这样一来,树干与树顶的对比显然极不协调。棵棵都仿佛成了戴着钢盔,手执长矛,亭亭玉立的美女,既刚劲,又柔弱;既挺拔,又婀娜,简直是人间奇迹,是个天上神话,是童话中的侠女,是净土乐园中的将军……我瞪大了眼睛,失神落魄,不知瞅了多久。我瞠目结舌,似乎要喘不过气来了。

因为我看到这些树实在都非常年轻,问了一下本地的主人。主人说,这些树有的是一二百年,有的三四百年,有的年龄更老,老到说不出年代。反正几十年来,他们看到这里的美人松总是一个样子,似乎她们真是长生多术,还童有方。他们天天坐对美人松,虽然也觉得奇怪,但毕竟习以为常。但是,对我这样初来乍到的人来说,却只有惊诧了。

美人松既然这样神奇,极富于幻想力的当地老百姓中,就流传了一段民间传说。当年,在抗日战争最艰苦的时期,杨靖宇将军率领着抗日联军,与顽敌周旋在长白山深山密林中。在一次战略转移中,一位女护士背着一个伤病员,来到了一片苍秀挺拔的松树林中,不幸与敌人遭遇。敌我人数悬殊,护士急中生智,把伤病员藏在一个杂树荫蔽的石洞中,自己则向相反的方向跑去。敌人把她包围起来,她躲在一棵松树后面,向敌人射击。敌人一个个在她的神枪之下倒地身亡。最后的子弹打光了,她自己也受伤流血。她倚在一棵高耸笔直的松树后面,流尽了自己最后一滴血。从此以后,血染的松树树干就变成了粉红色……

这个传说难道不是十分壮烈又异常优美吗?难道还不能剧烈地拨动每一个人的心弦吗?

然而对一个稍微细心的人来说,其中的矛盾却是太显而易见了。美人松的粉红色的树皮,百年,千年,万年以前,早已成为定局。哪里可能是在五六十年前才变成了红色的呢?编这一段故事的老百姓的心情,是完全可以理解的。我也宁愿相信这一个民间传说。但是,我在上面提到的那一不大不小的矛盾,实在是太明显了,即使相信了,心也难安,而理也难得。

我苦思苦想,排解不开,在恍惚迷离中,时间忽然倒转回去了数千年,数万年,说不清多少年。我进入了一场幻觉,看到了长白山下百里松海的大大小小的、老老少少的松树们聚集在一起开会。一棵万年古松当了主席,议题只有一个,就是向长白山土地抗议:为什么它们这一批顶撑青天碧染宇宙的松树，只能在长白山脚下生长，连半山都不允许去呢？这未免太不公平，太不合理了。于是悻悻然，愤愤然，群情激昂，决议立即上山。数百万棵松树，形成大军，以排山倒海之势，所向无前之威，棵棵奋勇登山，一时喧声直达三十三天。此时山神土地勃然大怒，咒起了狂风暴雨，打向松树大军。大军不敌，顷刻溃败，弃甲曳兵，逃回山下。从此乐天知命，安居乐业，莽莽苍苍，百里松海，一直绿到今天。

众松中的美人松，除了登山泄愤的目的以外，还有一点个人的打算。它们同天池龙宫的三太子据说是有宿缘的。它们乘此机会，奋勇登山，想一结秦晋之好，实现万年宿缘。然而，众松溃退，它们哪里有力量只身挺住呢？于是紧随众松，退到山下，有几棵跑得慢的，就留在了长白山下百里松海之中，错杂地住在那里。树数不多但却占全部美人松大部分的，一气跑了下去，跑到了离长白山一百多公里的二道白河，刹住了脚，住在这里了。她们又急，又气，又惭，又怒，身子一下子就变成了粉红色……

我正处在幻觉中，猛然有一阵清风拂过美人松林，簌簌作响，我立即惊醒过来。睁眼望着这些真正把阴柔之美与阳刚之美融合得天衣无缝的秀丽苗条的美人松，不知道应该作何感想。美人松在风中点着头，仿佛对我微笑。

1992 年 7 月 30 日草稿写于延吉
1992 年 8 月 9 日定稿于北京燕园

琼楼玉宇，高处不胜寒

阿格拉是有名的地方，有名就有在泰姬陵。世界舆论说，泰姬陵是不朽的，它是世界上多少多少奇之一。而印度朋友则说："谁要是来到印度而不去看泰姬陵，那么就等于没有来。"

我前两次访问印度，都到泰姬陵来过，而且两次都在这里过了夜。我曾在朦胧的月色中来探望过泰姬陵。整个陵寝在月光下幻成了一个白色的奇迹。我也曾在朝暾的微光中来探望过泰姬陵，白色大理石的墙壁上成千上万块的红绿宝石闪出万点金光，幻成了一个五光十色的奇迹。总之，我两次都是名副其实地来到了印度。这一次我也决心再来，否则，我的三访印度，在印度朋友心目中就成了两访印度了。

同前两次一样，这一次也是乘汽车来的。车子下午从德里出发，一直到黄昏时分，才到了阿格拉。泰姬陵的白色的圆顶已经混入暮色苍茫之中。我们也就在苍茫的暮色中找到了我们的旅馆。从外面看上去，这旅馆砖墙剥落，宛如年久失修的莫卧儿王朝的废宫。但是里面却是灯光明亮，金碧辉煌，完全是另一番景象。房间都用与莫卧儿王朝有关的一些名字标出，使人一进去，就仿佛到了莫卧儿王朝；使人一睡下，就能够做起莫卧儿的梦来。

我真的做了一夜莫卧儿的梦。第二天一大早，我们就赶到泰姬陵门外。门还没有开。院子里，大树下，弥漫着一团雾气，掺杂着淡淡的花香。夜里下过雨，现在还没有晴开。我心里稍有懊恼之意：泰姬陵的真面目这一次恐怕看不到了。

但是，突然间，雨过天晴云破处，流出来了一缕金色的阳光，照在泰姬陵的圆顶上，只照亮一小块，其余的地方都暗淡无光，独有这一小块却亮得耀眼。我们的眼睛立刻明亮起来：难道这不就是泰姬陵的真面目吗？

我们走了进去，从映着泰姬陵倒影的小水池旁走向泰姬陵，登上了一层楼高的平台，绕着泰姬陵走了一周，到处瞭望了一番。平台的四个角上，各有一座高塔，尖尖地刺入灰暗的天空。四个尖尖的东西，衬托着中间泰姬陵的圆顶那个圆圆的东西，两相对比，给人一种奇特的美。我想不出一个适当的名词来表达这种美，就叫它几何的美吧。后面下临阎牟那河。河里水流平缓，有一个不知什么东西漂在水里面，一群秃鹫和乌鸦趴在上面啄食碎肉。秃鹫们吃饱了就飞上栏杆，成排地蹲在那里休息，傲然四顾，旁若无人。

我们就带着这些斑驳陆离的印象，回头来看泰姬陵本身。我怎样来描述这个白色的奇迹呢？我脑筋里所储存的一切词汇都毫无用处。我从小念的所有的描绘雄伟的陵墓的诗文，也都毫无用处。"碧瓦初寒外，金茎一气旁。山河扶绣户，日月近雕梁。"多么雄伟的诗句呀！然而，到了这里却丝毫也用不上。这里既无绣户，也无雕梁。这陵墓是用一块块白色大理石堆砌起来的。但是，无论从远处看，还是从近处看，却丝毫也看不出堆砌的痕迹，它浑然一体，好像是一块完整的大理石。多少年来，我看过无数的泰姬陵的照片和绘画，但是却没有看到有任何一幅真正地照出、画出泰姬陵的气势来的。只有你到了泰姬陵跟前，站在白色大理石铺的地上，眼里看到的是纯白的大理石，脚下踩的是纯白的大理石；陵墓是纯白的大理石，栏杆是纯白的大理石，四个高塔也是纯白的大理石。你被裹在一片纯白的光辉中，翘首仰望，纯白的大理石墙壁有几十米高，仿佛上达苍穹。在这时候，你会有什么样的感觉，我不知道。反正我自己仿佛给这个白色的奇迹压住了，给这纯白的光辉网牢了，我想到了苏东坡的词："琼楼玉宇，高处不胜寒。"我自己仿佛已经离开了人间，置身于琼楼玉宇之中。有人主张，世界上只有阴柔之美与阳刚之美。把二者融合起来成为浑然一体的那种美，只应天上有。我眼前看到的就是这种天上的美。我完全沉浸在这种美的享受中，忘记了时间的推移。等到我从这琼楼玉宇中回转来时，已经是我们应该离开的时候了。

　　从泰姬陵到红堡是一条必由之路，我们也不例外。到了红堡，限于时间我们只匆匆地走了一转。莫卧儿王朝的这一座故宫，完全是用红砂岩筑成的。如果说泰姬陵是白色的奇迹的话，那么这里就是红色的奇迹。但是，我到了这里，最关心的却是一块小小的水晶。据说，下令修建泰姬陵的沙扎汗，晚年被儿子囚了起来。他本来还准备在阎牟那河这一边同河对岸泰姬陵遥遥相对的地方，修建一座完全用黑色大理石砌成的陵墓，如果建成的话，那将是一个不折不扣的黑色的奇迹。然而在这黑色的奇迹出现以前，他就失去了自由，成为自己儿子的阶下囚。他天天坐在红堡的一个走廊上，背对着泰姬陵，凝神潜思，忍忧含悲，目不转睛地注视着镶嵌在一个柱子上的那一块水晶，里面反映出整个泰姬陵的影像。月月如此，天天如此，这位孤独的老皇帝就这样度过了他的残生。

这个故事很有些浪漫气息。几百年来，也打动了千千万万好心人的心弦，滴下了无数的同情之泪。但是，我却是无泪可滴。我上一次来的时候，印度朋友曾告诉过我，就在这走廊下面那一片空地上，莫卧儿皇帝把囚犯弄了来，然后放出老虎，让老虎把人活活地吃掉。他们坐在走廊上怡然欣赏这一幕奇景。这样的人，即使被儿子囚了起来，我难道还能为他流下什么同情之泪吗？这样的人，即使对死去的爱姬有那么一点情意，这种情意还值得几文钱呢？我正在胡思乱想的时候，红堡城墙下长着肥大的绿叶子的树丛中，虎皮鹦鹉又吱吱喳喳叫了起来。这种鸟在中国是会被当作珍禽装在精致的笼子里来养育的。但是在阿格拉，却多得像麻雀。有那么一个皇帝，再加上这些吱吱喳喳的虎皮鹦鹉，我的游兴已经索然了。那些充满了浪漫气氛的故事对于我已经毫无吸引力了。

我走下了天堂，回到了现实。人间和现实是充满了矛盾的，但是它们又确实是美的。就是在阿格拉也并非例外。二十七年前，当我第一次到阿格拉来的时候，我在旅馆中遇到的一件小事，却使我忆念难忘。现在，当我离开了泰姬陵走下天堂的时候，我不由得又回忆起来。

　　我们在旅馆里看一个贫苦的印度艺人让小黄鸟表演识字的本领。又看另一个艺人让眼镜蛇与獴决斗。两个小动物都拼上命互相搏斗，大战了几十回合，还不分胜负。正在看得入神的时候，我瞥见一个印度青年在外面探头探脑。他的衣着不像一个学生，而像一个学徒工。我没有多加注意，仍然继续观战。又过了不知多少时候，我又一抬头，看到那个青年仍然站在那里，我立刻走出去。那个青年猛跑了几步，紧紧地抓住了我的手，我感觉到他的手有点颤抖。他递给我一个极小的小盒，透过玻璃罩可以看到，里面铺的棉花上有一粒大米。我真有点吃惊了，这一粒大米有什么意义呢？青年打开小盒，把大米送到我眼底下，大米上写着"印中友谊万岁"几个字，只能用放大镜才能看得清楚。他告诉我，他是一个学徒工，最热爱新中国，但却从来没有机会接触一个中国人。听说我们来了，他便带了大米来看我们。从早晨等到现在，中午早已过了，但是几次被人撵走。现在终于见到中国朋友了，他是多么兴奋啊！我接过了小盒，深深地被这个淳朴的青年感动了。我握住了他的手，心里面思绪万千，半天没有说出话来。我一直目送这个青年的背影消失在大街上熙熙攘攘的人群中，才转回身来。

泰姬陵是美的，是不朽的。然而，人们心里的真挚感情不是比泰姬陵更美，更不朽吗？上面说的这件小事，到现在，已经过了二十七年，在人的一生中，二十七年是一段漫长的时间。可是，不管我什么时候想起这件小事，那个学徒工的影像就栩栩如生地浮现在我的眼前。现在他大概都有四五十岁了吧。中间沧海桑田，世间多变。但是我却不相信，他会忘掉我，会忘掉中国，正如我不会忘掉他一样。据我看，这才是真正的美，真正的不朽。是美的、不朽的泰姬陵无法比拟的美，无法比拟的不朽。

1978年

|肆| 见识天地，行者无疆

在敦煌

刚看过新疆各地的许多千佛洞，在驱车前往敦煌莫高窟千佛洞的路上，我心里就不禁比较起来：在那里，一走出一个村镇或城市，就是戈壁千里，寸草不生；在这里，一离开柳园，也是平野百里，禾稼不长，然而却点缀着一些骆驼刺之类的沙漠植物，在一片黄沙中绿油油地充满了生意，看上去让人不感到那么荒凉、寂寞。

我们就是走过了数百里这样的平野，最终看到一片葱郁的绿树，隐约出现在天际，后面是一列不太高的山岗，像是一幅中国水墨山水画。我暗自猜想：敦煌大概是来到了。

果然是敦煌到了。我对敦煌真可以说是"久仰大名，如雷贯耳"了。我在书里读到过敦煌，我听人谈到过敦煌，我也看过不知多少敦煌的绘画和照片。几十年梦寐以求的东西如今一下子看在眼里，印在心中，"相见翻疑梦"，我似乎有点怀疑，这是否是事实了。

敦煌毕竟是真实的。它的样子同我过去看过的照片差不多，这些我都是很熟悉的。此处并没有崇山峻岭，幽篁修竹，有的只不过是几个人合抱不过来的千岁老榆，高高耸入云天的白杨，金碧辉煌的牌楼，开着黄花、红花的花丛。放在别的地方，这一切也许毫无动人之处；然而放在这里，给人的印象却是沙漠中的一个绿洲,戈壁滩上的一颗明珠,一片淡黄中的一点浓绿,一个不折不扣的世外桃源。

至于千佛洞本身,那真是琳琅满目,美不胜收,五光十色,云蒸霞蔚。无论用多么繁缛华丽的语言文字,不管这样的语言文字有多少,也是无法描绘,无法形容的。这里用得上一句老话了:"只能意会,不能言传。"洞子共有四百多个,大的大到像一座宫殿,小的小到像一个佛龛。几乎每一个洞子里都画着千佛的像。洞子不论大小,墙壁不论宽窄,无不满满地画上了壁画。艺术家好像决不吝惜自己的精力和颜料,决不吝惜自己的光阴和生命,把墙壁上的每一点空间,每一寸的空隙,都填得满满的,多小的地方,他们也决不放过。他们前后共画了一千年,不知流出了多少汗水,不知耗费了多少心血,才给我们留下了这些动人心魄的艺术瑰宝。有的壁画,就暴露在光天化日之下,经过了一千年的风吹、雨打、日晒、沙浸,但色彩却浓郁如新,鲜艳如初。想到我们先人的这些业绩,我们后人感到无比地兴奋、震惊、感激、敬佩,这难道不是很自然的吗?

我们走进了洞子,就仿佛走进了久已逝去的古代世界,甚至古代的异域世界;仿佛走进了神话的世界,童话的世界。尽管洞内洞外一点声音都没有,但是看到那些大大小小的雕塑,特别是看到墙上的壁画——人物是那样繁多,场面是那样富丽,颜色是那样鲜艳,技巧是那样纯熟,我们内心里就不禁感到热闹起来。我们仿佛亲眼看到释迦牟尼从兜率天上骑着六牙白象下降人寰,九龙吐水为他洗浴,一下生就走了七步,口中大声宣称:"天上天下,唯我独尊。"我们仿佛看到他读书、习艺。他力大无穷,竟把一只大象抛上天空,坠下时把土地砸了一个大坑。我们仿佛看到他射箭,连穿七个箭靶。我们仿佛看到他结婚,看到他出游,在城门外遇到老人、病人、死人与和尚,看到他夜半乘马逾城逃走,看到他剃发出家。我们仿佛看到他修苦行,不吃东西,修了六年,把眼睛修得深如古井。我们又仿佛看到他翻然改变主意,毅然放弃了苦行,吃了农女献上的粥,又恢复了精力,走向菩提树下,同恶魔波旬搏斗,终于成了佛。成佛后到处游行,归示,度子,年届八旬,在双林涅槃。使我们最感兴趣、给我们印象最深的是那许许多多的涅槃的画。释迦牟尼已经逝世,闭着眼睛,右胁向下躺在那里。他身后站着许多和尚和俗人。前排的人已经得了道,对生死漠然置之,脸上毫无表情地站在那里。后排的人,不管是国王,各族人民,还是和尚、尼姑,因为道行不高,尘欲未去,参不透生死之道,都嚎啕大哭,有的捶胸,有的打头,有的击掌,有的顿足,有的撕发,有的裂衣,有的甚至昏倒在地。我们真仿佛听到哭声震天,看到泪水流地,内心里不禁感到震动。最有趣的是外道六师,他们看到主要敌手已死,高兴得弹琴、奏乐、手舞、足蹈。在盈尺或盈丈的墙壁上,宛然一幅人生哀乐图。这样的宗教画,实际上是人世社会的真实描绘。把千载前的社会现实,栩栩如生地搬到我们今天的眼前来。

在很多洞子里，我们又仿佛走进了西方的极乐世界，所谓净土。在这个世界里，阿弥陀佛巍然坐在正中。在他的头上、脚下、身躯的周围画着极乐世界里各种生活享受：有妓乐，有舞蹈，有杂技，有饮馔。好像谁都不用担心生活有什么不足，衣来伸手，饭来张口。而且这些饮食和衣服，都用不着人工去制作。到处长着如意神树，树枝子上结满了各种美好的饮食和衣着，要什么，有什么，只须一伸手一张口之劳，所有的愿望就都可以满足了。小孩子们也都兴高采烈，他们快乐得把身躯倒竖起来。到处都是美丽的荷塘和雄伟的殿阁，到处都是快活的游人。这些人同我们这些凡人一样，也过着世俗的生活。他们也结婚。新郎跪在地上，向什么人叩头。新娘却站在那里，羞答答不肯把头抬。许多参加婚礼的客人在大吃大喝。两只鸿雁站在门旁。我早就读过古代结婚时有所谓"奠雁"的礼节，却想不出是什么情景。今天这情景就摆在我眼前，仿佛我也成了婚礼的参加者了。他们也有老死。老人活过四万八千岁以后，自己就走到预先盖好的坟墓里去。家人都跟在他后面，生离死别。虽然也有人磕头涕哭，但是总起来看，脸上的表情却都是平静的、肃穆的，好像认为这是人生规律，无所用其忧戚与哀悼。所有这一切世俗生活的绘画，当然都是用来宣扬一个主题思想：不管在什么样的生活环境中，只要一心念阿弥陀佛，就可以往生净土，享受天福。艺术家的态度是认真的，他们的技巧是惊人的。他们仔细地描，小心地画，结果把本是虚无缥缈的东西画得像真实的事物一样，生动活泼地、毫不含糊地展现在我们眼前，让我们对于历史得到感性认识，让我们得到奇特美妙的艺术享受。艺术家可能真正相信这些神话的，但是这对我们是无关重要的，重要的是他们的画。这些画画得充满了热情，而且都取材于现实生活。在世界各国的历史上，所有的神仙和神话，不管是多么离奇荒诞，他们的模特儿总脱离不开人和人生，艺术家通过神仙和神话，让过去的人和人生重现在我们眼前。我们探骊得珠，于愿已足，还有什么可以强求的呢？

最使我吃惊的是一件小事：在这富丽堂皇的极乐世界中，在巍峨雄伟的楼台殿阁里，却忽然出现了一只小小的老鼠，鼓着眼睛，尖着尾巴，用警惕狡诈的目光向四下里搜寻窥视，好像见了人要逃窜的样子。我很不理解，为什么艺术家偏偏在这个庄严神圣的净土里画上一只老鼠。难道他们认为，即使在净土中，四害也是难免的吗？难道他们有意给这万人向往的净土开上一个小小的玩笑吗？难道他们有意表示即使是净土也不是百分之百地纯洁吗？我们大家都不理解，经过推敲与讨论，仍然是不理解。但是我们都很感兴趣，认为这位艺术家很有勇气，决不因循抄袭，决不搞本本主义，他敢于石破天惊地去创造。我们对他都表示敬意。

在许多洞子里，我们还看到了许多经变，什么法华经变，楞伽经变，金光明经变，如此等等。艺术家把经中的许多章节，不是根据经文，而是根据变文，用绘画的形式表现出来。在这些经变里,法华经普门品似乎是最受欢迎的一品。画上最多的是临刑刀寸寸断的情景。这似乎是最能形象地表现观音菩萨的法力的一个题材。但是我们也可以看到许多描绘人民生活和生产的情景。一个农民赶着耕牛去耕地。许多小手工业者坐在那里制作什么东西。人们在家里面安静地宴客。人们在花园中游乐。人们到灞桥去送别亲友,折杨柳为赠。我曾在不知多少唐诗中读到这情景,今天才第一次在绘画上看到。最有意思的、最耐人寻味的是许多绘画,画的是人们大便的情景,刷牙的情景,据我所知道的,在世界各国任何时代的任何绘画中都难找到这样的绘画。这好像也成了绘画的禁区。然而我们的艺术家却有勇气冲破这不成文而事实上却存在的禁区,把这种细微并不那么太雅观的情景画给我们看。除了佩服以外,我还能说些什么呢?此外,描绘舞蹈的场面和杂技的场面,也是非常动人的。一个个乐队,一个个乐工,手中执着各种各样的乐器,什么箫、笛、筝、琴、箜篌、排箫、阮咸、琵琶,还有尺八,神情是这样逼真,人物是这样细致,我们耳中仿佛能听到各种乐器和谐的弹奏声,静静的洞子一时喧阗起来。舞蹈的场面也很动人。男女舞人,翩翩起舞,有人甩着长大的袖子,有人动作非常强烈,所谓"胡旋舞"大概就是这个样子吧。我们看到的虽然不是真正舞蹈,而只是绘画,但是我们也恍然感到"观者如山色沮丧,天地为之久低昂。㸌如羿射九日落,矫如群帝骖龙翔。来如雷霆收震怒,罢如江海凝清光"。至于杂技,更是动人心魄。

一个演员站在那里,头上顶着长竿,竿顶上站着一个人,人头顶上还站着一个小孩子。看那摇摇欲坠的样子,我们不禁为画上的古人担忧起来。然而,不要怕,两旁还站着两个人哩。他们好像是为了防备万一而站在那里。虽然都戴着纱帽,斯斯文文的,看来好像也满有把握。我们可以放心了。前面坐着一些人,这大概就是观众。画面上人数不算多,但看上去却热闹得很。在古代文化交流中,音乐、舞蹈和杂技,好像是占着突出的地位。在新疆的许多千佛洞中,这样的场面也是随时可见的。

在所有的经变中,维摩诘经变是最常见的。这一部经在唐代大概非常流行、非常受欢迎。唐代一个姓王的大诗人,取名维,字摩诘,合起来就是维摩诘,就是一个很好的证明。我们在很多洞子里,都看到关于维摩诘的壁画。尽管大小不同,洞子不同,但是他的形象却基本上是一致的。维摩诘手执麈尾或者扇子,傲然地斜坐在一张床上,眼神嘴角流露出一副能言善辩、轻蔑藐视的神态。这一部经本身就是一部很好的长篇小说,讲的是一个佛教的居士,名叫维摩诘,唐玄奘译为无垢称。他深通佛法,辩才无碍。有一次他病了,如来佛派大弟子舍利弗去问疾。舍利弗吃过他辩才的苦头,有点发怵不敢去。佛又派大目犍连、大迦叶、须菩提、富楼那弥多罗尼子、摩诃迦旃延、阿那律、优波离、罗睺罗、阿难、弥勒菩萨、善德等等去,但是谁也没有胆量去。最后文殊师利膺命前往。维摩诘以神力空其室内,只留下了一张床,他生病坐在上面。于是二人展开了一场辩才战。诸菩萨、大弟子、群释、四天王等都赶来瞧热闹。后来舍利弗和大迦叶也赶了来。最后文殊师利和维摩诘一起来见佛。这一篇小说似的经文以如来把正法付嘱于弥勒佛而结束。小说本身内容很丰富，辩论很激烈，描绘很生动，对话很犀利。壁画更发展了这一部经文，把故事画得热闹非常、生动活泼，具有极大的感染力。维摩诘仿佛就要从床上站立起来，而且要走下墙来，同我们展开一场唇枪舌战……

在许多洞子里，除了神话故事以外，还画着许多世俗画。开洞的窟主往往把自己以及一家人都画在墙上。有时候画上一队男官人，前面的几个都是秃头的和尚；一队贵妇前面几个是秃头的尼姑。这是本家庭里面出家的人，是他们的光荣，是他们的骄傲，所以才被画在前面。这些男女贵人排成队，好像要向佛爷走去。他们为什么要把自己的像画在这千佛洞里呢？是为了宗教功德吗？还是为了永垂不朽？恐怕二者都有一点吧。最引人注目的是张义潮出游图。唐代这一个独霸一方的大军阀、大官僚，在河西一带很有势力，很有影响，他一跺脚，整个河西走廊都会震动。他的家族开凿了不少的洞子，在一个洞子里就画着自己出游的情景。他自己巍然骑在马上，前面是部队开路，也都骑着马，有的手里拿着乐器，有的手里举着旗帜。拿乐器的正在猛吹猛奏，好像是要行人回避，也好像是在为军容壮声威。后面跟的是成群的扈从，都是宽衣博带，雍容华贵。乐器中除了喇叭等之外，还有画角,我从小念唐诗,不知多少次碰到"画角"这个字眼,但是始终没有见过画角是什么样子。今天见面,宛如故友重逢,分外感到亲切。总之,这一幅一千多年前的出游行乐图,彩色鲜艳地、生动活泼地摆在我们眼前。当时的情景跃然壁上。我们今天站在下面看壁画的人,恍惚间成了当时站在路旁的旁观者,看人马杂沓,车如流水,乐声喧腾,尘土飞扬,好像正从墙壁的一端走向另一端,转瞬即逝。

  在一个洞子里,我们还看到一幅巨大的五台山图。既然是五台山,当然与宣扬文殊菩萨是分不开的。但是我们今天看到的却是一幅用绘画形式表现出来的地图和人民生活图。这幅图上画的是从镇州(正定)一直到并州(太原)旅途的情景。这条绵延数百里的路是同绵延数百里的五台山分不开的。这座大山峰峦起伏,山头林立,宛如雨后的春笋一般。山上的名刹都画出了房舍,标出了名字。山下则是一条商路。商人们熙熙攘攘,车水马龙,牲口背上驮着货物,匆匆忙忙向前趱行。旅途是遥远的,就必然要有住宿的客店。于是在图上许多地方都画着客店。店主人、店小二在热情地招呼客人,客人则是出出进进,热闹非常。我们今天的中国青年,甚至中年老年,习惯于住北京饭店、国际饭店一类的高楼大厦,对古代商人旅人行路困难丝毫没有认识。读到"鸡声茅店月,人迹板桥霜",还有什么"夕阳西下,断肠人在天涯",也许还能引起一些遐思,但是决不会引起同情,我们对那种生活已经非常非常隔膜了。但是这一幅五台山图,会把我们带回到当年的生活环境中去，让我们做一个思古的梦。从这个意义上来讲，这一幅壁画无疑是我们的国宝之一。当年有一个国家要出十万美元，收买这一幅壁画，没有得逞，否则我们的这件国宝早已到了波士顿博物馆之类的地方去了。岂不惜哉！

在另外一些洞子里，我们还看到一些和尚西行求法的壁画。这也是必然的。开凿这些洞子主要的是为了宣扬佛教。"千佛洞"这个名词本身就说明了一切。佛教来自印度，这里画着许多出生在印度的佛爷和菩萨，是很自然的。但是如果没有中国和尚到印度去取经，没有印度和尚到中国来送经，佛教是决不会自己走了来的。因此，我们总是期望，在某一些洞子里能够看到中国西行求法的和尚，事实上也正是这样，我们看到了，而且看到的还不少。一提到西行求法，谁都会立刻就想到唐代高僧玄奘。在一个洞子里，我们确实看到了唐僧取经的壁画。这是一幅水月观音的巨大的壁画，水月观音巨大的身躯几乎占满了全壁。他身上衣着金碧辉煌，头上冠冕富丽堂皇。令人吃惊的是，他嘴上居然还留着一撮小胡子。他神态倨傲又慈悲，伸脚坐在那里。在壁画的右下角一块小小的地方画着玄奘，双手合十站在一个悬崖上，面向水月观音，好像就正向他致敬。他身后是大徒弟孙悟空，手里牵着那一匹小白龙变成的马。二徒弟猪八戒和三徒弟沙僧跑到哪里去了呢？看样子他们并没有去寻山探路，也不是去托钵求斋，他们还站在壁画外面，正在向着壁画里走哩。

| 肆 | 见识天地，行者无疆

同求法高僧有联系的是商人。宗教按理说是出世的，和尚尼姑是不许触摸金银的。而"商人重利轻别离"，他们总是想赚大钱的。他们之间是风马牛不相及的，哪里会有什么联系呢？但是所有在中国境内的千佛洞都是开凿在丝绸之路沿线的，丝绸之路顾名思义是一条商业大道。这就有力地说明了二者间的密切关系。在印度佛教史上，从佛祖释迦牟尼开始，就同商人有亲密的往来，和尚和商人，不但相辅相成，而且相依为命。所以丝绸之路，同时也是宗教之路。中国、印度和其他国家的高僧很大一部分是走丝绸之路来往的。因此，在千佛洞里除了求法高僧外，看到商人的壁画，也是很自然的。在新疆拜城克孜尔千佛洞中，我曾在一壁佛画的中间一小块空隙中看到一个穿伊朗服装的商人，赶着几匹骆驼，上面驮着中国出产的丝，正在走路的样子。一个佛爷站在旁边，把自己的右手的两个指头像点蜡烛一样点了起来，发出万丈光芒，照亮了丝绸之路。这幅壁画的用意是再清楚不过的，这里用不着多说。在敦煌的千佛洞里，丝绸之路也有所表现。贩运丝绸的中外商人，赶着骆驼和马，向西方迈进。沙路茫茫，前途万里，而商人毫不气馁。有的地方画着商人在路上走路的情况。路大概是很难走，马走得乏了，再也不想前进，于是一个商人在前面用力牵，另一个商人在后面拼命地用鞭子抽打，人忙马嘶的情景宛在目前，宛在耳边。还有不少地方画着商人遇劫的情况。一些绿林豪客手执明晃晃的钢刀，耀武扬威地挡在那里。商人们则卑躬屈膝，甚至跪

在地上求饶，觳觫之状可掬，他们仿佛是在对话，声音就响在我们耳边。可见，虽然有佛光照亮万里长途，但人间毕竟是人间，行路难之叹，唐代诗人早就发出来了，何况是漫漫数万里呢？至于海上商路，虽然不在丝绸之路上，但是我们的艺术家也不放过。我们在几个地方都看到航海的商船。船并不大，上面画着几个人，好像都已经把船占满了，有点象征主义的味道。但是船外的海涛决不含糊地告诉我们，这是漂洋过海的壮举。为什么在万里之外的甘肃、新疆大沙漠里，竟然画到海上贸易呢？这一点，我还不十分清楚，也还要推敲而且研究。

总之，洞子共有四百多个，壁画共有四万多平方米，绘画的时间绵延了一千多年，内容包括了天堂、净土、人间、地狱、华夏、异域、和尚、尼姑、官僚、地主、农民、工人、商人、小贩、学者、术士、妓女、演员，男、女、老、幼，无所不有。在短短的几天之内，我仿佛漫游了天堂、净土，漫游了阴司、地狱，漫游了古代世界，漫游了神话世界，走遍了三千大千世界，攀登神山须弥山，见到了大梵天、因陀罗，同四大天王打过交道，同牛首马面有过会晤，跋涉过迢迢万里的丝绸之路，漂渡烟波浩渺的大海大洋，看过佛爷菩萨的慈悲相，听维摩诘的辩才无碍，我脑海里堆满色彩缤纷的众生相，错综重叠，突兀峥嵘，我一时也清理不出一个头绪来。在短短几天之内，我仿佛生活了几十年。在过去几十年中，对于我来说是非常抽象的东西，现在却变得非常具体了。这包括文学、艺术、风俗、习惯、民族、宗教、语言、历史等等领域。我从前看到过唐代大画家阎立本的帝王图,李思训的金碧山水,宋朝米襄阳米点山水,明朝陈老莲的人物画,大涤子的山水画,曾经大大地惊诧于这些作品技巧之完美,意境之深邃,但在敦煌壁画上,这些都似乎是司空见惯,到处可见。而且敦煌壁画还要胜它们一筹:在这里,浪漫主义的气氛是非常浓的。有的画家竟敢画一个乐队,而不画一个人,所有的乐器都系在飘带上,飘带在空中随风飘拂,乐器也就自己奏出声音,汇成一个气象万千的音乐会。这样的画在中国绘画史上,甚至在别的国家的绘画史上能够找得到吗?

不但在洞子里我们好像走进了久已逝去的古代世界,就是在洞子外面,我们倘稍不留意,就恍惚退回到历史中去。我们游览国内的许多名胜古迹时,总会在墙壁上或树干上看到有人写上的或刻上的名字和年月之类的字,什么某某人何年何月到此一游。这种不良习惯我们真正是已经司空见惯,只有摇头苦笑。但要追溯这种行为的历史那恐怕是古已有之了。《西游记》上记载着如来佛显示无比的法力,让孙悟空在自己的手掌中翻筋斗,孙悟空翻了不知多少十万八千里的筋斗,最后翻到天地尽头,看到五根肉红柱子,撑着一股青气。为了取信于如来佛,他拔下一根毫毛,吹口仙气,叫:"变!"变作一管浓墨双毫笔,在那中间柱子上写一行大字云:"齐天大圣,到此一游。"还顺便撒了一泡猴尿。因此,我曾想建议这一些唯恐自己的尊姓大名不被人知、不能流传的善男信女，倘若组织一个学会时，一定要尊孙悟空为一世祖。可是在敦煌，我的想法有些变了。在这里，这样的善男信女当然也不会绝迹。在墙壁上题名刻名到处可见，这些题刻都很清晰，仿佛是昨天才弄的。但一读其文，却是康熙某年，雍正某年，乾隆某年，已经是几百年以前的事了。当我第一次看到的时候，我不禁一愣：难道我又回到康熙年间去了吗？如此看来，那个国籍有点问题的孙悟空不能专"美"于前了。

我们就在这样一个仿佛远离尘世的弥漫着古代和异域气氛的沙漠中的绿洲中生活了六天。天天忙于到洞子里去观看。天天脑海里塞满了五光十色丰富多彩的印象，塞得是这样满，似乎连透气的空隙都没有。我虽局处于斗室之中，却神驰于万里之外；虽局限于眼前的时刻之内，却恍若回到千年之前。浮想联翩，幻影沓来，是我生平思想最活跃的几天。我曾想到，当年的艺术家们在这样阴暗的洞子里画画，是要付出多么大的精力啊！我从前读过一部什么书，大概是美术史之类的书，说是有一个意大利画家，在一个大教堂内圆顶天篷上画画，因为眼睛总要往上翻，画了几年之后，眼球总往上翻，再也落不下来了。我们敦煌的千佛洞比意大利大教堂一定要黑暗得多，也要狭小得多，今天打着手电，看洞子里的壁画，特别是天篷上藻井上的画，线条纤细，着色繁复，看起来还感到困难，当年艺术家画的时候，不知道有多少困难要克服。

周围是茫茫的沙碛，夏天酷暑，而冬天严寒，除了身边的一点浓绿之外，放眼百里惨黄无垠。一直到今天，饮用的水还要从几十里路外运来，当年的情况更可想而知。在洞子里工作，他们大概只能躺在架在空中的木板上，仰面手执小蜡烛，一笔一笔地细描细画。前不见古人，我无法见到那些艺术家了。我不知道他们的眼睛是否也翻上去再也不能下来。我不知道是一种什么力量在支撑着他们，在那样艰苦的条件下给我们留下了这样优美的杰作，惊人的艺术瑰宝。我们真应该向这些艺术家们致敬啊！

我曾想到，当年中国境内的各个民族在这一带共同劳动，共同生活，有的赶着羊群、牛群、马群，逐水草而居，辗转于千里大漠之中；有的在沙漠中一小块有水的土地上辛勤耕耘，努力劳作。在这里，水就是生命，水就是幸福，水就是希望，水就是一切，有水斯有土，有土斯有禾，有禾斯有人。在这样的环境中，只有互相帮助，才能共同生存。在许多洞子里的壁画上，只要有人群的地方，从人们的面貌和衣着上就可以看到这些人是属于种种不同的民族的。但是他们却站在一起，共同从事什么工作。我认为，连开凿这些洞的窟主，以及画壁画的艺术家都决不会出于一个民族。这些人今天当然都已经不在了。人们的生存是暂时的，民族之间的友爱是长久的。这一个简明朴素的真理，一部中国历史就可以提供证明。我们生活在现代，一旦到了敦煌，就又仿佛回到了古代。民族友爱是人心所向，古今之所同。看了这里的壁画，内心里真不禁涌起一股温暖幸福之感了。

我又曾想到，在这些洞子里的壁画上，我们不但可以看到中国境内各个民族的人民，而且可以看到沿丝绸之路的各国的人民，甚至离开丝绸之路很远的一些国家的人民。比如我在上面讲到如来佛涅槃以后，许多人站在那里悲悼痛苦，这些人有的是深目高鼻，有的是颧骨高而眼睛小，他们的衣着也完全不同。艺术家可能是有意地表现不同的人民的。当年的新疆、甘肃一带，从茫昧的远古起，就是世界各大民族汇合的地方。世界几大文明古国，中国、印度、希腊的文化在这里汇流了。世界几大宗教，佛教、伊斯兰教、基督教在这里汇流了。世界的许多语言，不管是属于印欧语系，还是属于其他语系也在这里汇流了。世界上许多国家的文学、艺术、音乐，也在这里汇流了。至于商品和其他动物植物的汇流更是不在话下。所有这一切都在洞子里留下了不可磨灭的痕迹。遥想当年丝绸之路全盛时代，在绵延数万里的路上，一定是行人不断，驼、马不绝。宗教信徒、外交使节、逐利商人、求知学子，各有所求，往来奔波，绝大漠，越流沙，轻万生以涉葱河，重一言而之奈苑，虽不能达到摩肩接踵的程度，但盛况可以想见。到了今天，情势改变了，大大地改变了。出现在我们眼前的是流沙漫漫，黄尘滚滚，当年的名城——瓜州、玉门、高昌、交河，早已沦为废墟，只留下一些断壁颓垣，孤立于西风残照中，给怀古的人增添无数的诗料。但是丝路虽断，他路代兴，佛光虽减，人光有加，还留下像敦煌莫高窟这样的艺术瑰宝，无数的艺术家用难以想象的辛勤劳动给我们后人留下这么多的壁画、雕塑，供我们流连探讨，使世界各国人民惊叹不置。抚今追昔，我真感到无比地幸福与骄傲，我不禁发思古之幽情，觉今是昨亦是，感光荣于既往，望继承于来者，心潮起伏，感慨万端了。

薄暮时分，带着那些印象，那些幻想，怀着那些感触，一个人走出了招待所去散步。我走在林荫道上，此时薄霭已降，暮色四垂。朱红的大柱子，牌楼顶上碧色的琉璃瓦，都在熠熠地闪着微光。远处沙碛没入一片迷茫中，少时月出于东山之上，清光洒遍了山头、树丛，一片银灰色。我周围是一片寂静。白天里在古榆的下面还零零落落地坐着一些游人，现在却空无一人，只有小溪中潺潺的流水间或把这寂静打破。我的心蓦地静了下来，仿佛宇宙间只有我一个人。我的幻想又在另一个方面活跃起来。我想到洞子里的佛爷，白天在闭着眼睛睡觉，现在大概睁开了眼睛，连涅槃了的如来也会站了起来。那许多商人、官人、菩萨、壮汉，白天一动不动地站在墙壁上，任人指指点点，品头论足。现在大概也走下墙壁，在洞子里活动起来了。那许多奏乐的乐工吹奏起乐器，舞蹈者、演杂技者，也都摆开了场地，表演起来。天上的飞天当然更会翩翩起舞，洞子里乐声悠扬，花雨缤纷。可惜我此时无法走进洞子，参加他们的大合唱。只有站在黑暗中望眼欲穿，倾耳聆听而已。

在寂静中，我又忽然想到在敦煌创业的常书鸿同志和他的爱人李承仙同志，以及其他几十位工作人员。他们在这偏僻的沙漠里，忍饥寒，斗流沙，艰苦奋斗，十几年，几十年，为祖国，为人民立下了功勋，为世界上爱好艺术的人们创造了条件。敦煌学在世界上不是已经成为一门热门学科了吗？我曾到书鸿同志家里去过几趟。那低矮的小房，既是办公室、工作室、图书室，又是卧室、厨房兼餐厅。在新中国成立了三十年后的今天，生活条件尚且如此之不够理想，谁能想象在新中国成立前那样黑暗的时代，这里艰难辛苦会达到何等程度呢？门前那院子里有一棵梨树。承仙同志告诉我，他们在将近四十年前初到的时候，这棵梨树才一点点粗，而今已经长成了一棵粗壮的大树，枝叶茂密，青翠如碧琉璃，枝上果实累累，硕大无比。看来正是青春妙龄，风华正茂。然而看着它长起来的人却垂垂老矣。四十年的日日夜夜在他们身上不可避免地会留下了痕迹。然而，他们却老当益壮，并不服老，仍然是日夜辛勤劳动。这样的人难道不让我们每个人都油然起敬佩之情吗？

  我还看到另外一个人的影子，在合抱的老榆树下，在如茵的绿草丛中，在没入暮色的大道上，在潺潺流水的小河旁。它似乎向我招手，向我微笑，"翩若惊鸿，婉若游龙；荣曜秋菊，华茂春松"，这影子真是可爱极了。我是多么急切地想捉住它啊！然而它一转瞬就不见了。一切都只是幻影。剩下的似乎只有宇宙和我自己。

  剩下我自己怎么办呢？我真是进退两难，左右拮据。在敦煌，在千佛洞，我就是看一千遍一万遍也不会餍足的。有那样桃源仙境似的风光，有那样奇妙的壁画，有那样可敬的人，又有这样可爱的影子。从我内心深处我真想长期留在这里，永远留在这里。真好像在茫茫的人世间奔波了六十多年才最后找到了一个归宿。然而这样做能行得通吗？事实上却是办不到的。我必须离开这里。在人生中，我的旅途远远不到结束的时候，我还不能停留在一个地方。在我前面，可能还有深林、大泽、崇山、幽谷，有阳关大道，有独木小桥。我必须走上前去，穿越这一切。现在就让我把自己的身躯带走，把心留在敦煌吧。

1979 年 10 月 9 日初稿
1980 年 3 月 3 日定稿

伍

心装万物，自在独行

天气突然变寒，好像是一下子从夏天转入秋天。再过一两个月，那时荷花大概会在冰下冬眠，做着春天的梦。它们的梦一定能够圆的。"既然冬天到了，春天还会远吗？"

自由如林
心安不催

黄 昏

黄昏是神秘的，只要人们能多活下去一天，在这一天的末尾，他们便有个黄昏。但是，年滚着年，月滚着月，他们活下去有数不清的天，也就有数不清的黄昏。我要问：有几个人感觉到过黄昏的存在呢？

早晨，当残梦从枕边飞去的时候，他们醒转来，开始去走一天的路。他们走着，走着，走到正午，路陡然转了下去。仿佛只一溜，就溜到一天的末尾，当他们看到远处弥漫着白茫茫的烟，树梢上淡淡涂上了一层金黄色，一群群的暮鸦驮着日色飞回来的时候，仿佛有什么东西轻轻地压在他们的心头。他们知道：夜来了。他们渴望着静息，渴望着梦的来临。不久，薄冥的夜色糊了他们的眼，也糊了他们的心。他们在低隘的小屋里忙乱着，把黄昏关在门外，倘若有人问：你看到黄昏了没有？黄昏真美啊！他们却茫然了。

他们怎能不茫然呢？当他们再从屋里探出头来寻找黄昏的时候，黄昏早随了白茫茫的烟的消失，树梢上金色的消失，鸦背上日色的消失而消失了。只剩下朦胧的夜。这黄昏，像一个春宵的轻梦，不知在什么时候漫了来，在他们心上一掠，又不知在什么时候走了。

黄昏走了。走到哪里去了呢？不，我先问：黄昏从哪里来的呢?这我说不清。又有谁说得清呢?我不能够抓住一把黄昏,问它到底。从东方吗?东方是太阳出来的地方。从西方吗?西方不正亮着红霞吗?从南方吗?南方只充满了光和热,看来只有说从北方来的最适宜了。倘若我们想了开去,想到北方的极端,是北冰洋,我们可以在想象里描画出:白茫茫的天地,白茫茫的雪原和白茫茫的冰山。再往北,在白茫茫的天边上,分不清哪是天,是地,是冰,是雪,只是朦胧的一片灰白。朦胧灰白的黄昏不正应当从这里蜕化出来么?

然而,蜕化出来了,却又扩散开去。漫过了大平原,大草原,留下了一层阴影;漫过了大森林,留下了一片阴郁的黑暗;漫过了小溪,把深灰色的暮色溶入琤琮的水声里,水面在阒静里透着微明;漫过了山顶,留给它们星的光和月的光;漫过了小村,留下了苍茫的暮烟……给每个墙角扯下了一片,给每个蜘蛛网网住了一把。以后,又漫过了寂寞的沙漠,来到我们的国土里。我能想象:倘若我迎着黄昏站在沙漠里,我一定能看着黄昏从辽远的天边上跑了来,像——像什么呢?是不是应当像一阵灰蒙的白雾?或者像一片扩散的云影?跑了来,仍然只是留下一片阴影,又跑了去,来到我们的国土里,随了弥漫在远处的白茫茫的烟,随了树梢上的淡淡的金黄色,也随了暮鸦背上的日色,轻轻地落在人们的心头,又被人们关在门外了。

但是,在门外,它却不管人们关心不关心,寂寞地,冷落地，替他们安排好了一个幻变的又充满了诗意的童话般的世界，朦胧微明，正像反射在镜子里的影子，它给一切东西涂上银灰的梦的色彩。牛乳色的空气仿佛真牛乳似的凝结起来，但似乎又在软软地黏黏地浓浓地流动。它带来了阒静，你听：一切静静的，像下着大雪的中夜。但是死寂么？却并不，再比现在沉默一点儿，也会变成坟墓般地死寂。仿佛一点儿也不多，一点儿也不少，幽美的轻适的阒静软软地黏黏地浓浓地压在人们的心头，灰的天空像一张薄幕；树木，房屋，烟纹，云缕，都像一张张的剪影，静静地贴在这幕上。这里，那里，点缀着晚霞的紫曛和小星的冷光。黄昏真像一首诗，一支歌，一篇童话；像一片月明楼上传来的悠扬的笛声，一声缭绕在长空里亮唳的鹤鸣；像陈了几十年的绍酒；像一切美到说不出来的东西。说不出来，只能去看；看之不足，只能意会；意会之不足，只能赞叹——然而却终于给人们关在门外了。

给人们关在门外，是我这样说么？我要小心，因为所谓人们，不是一切人们，也绝不会是一切人们的。我在童年的时候，就常常待在天井里等候黄昏的来临。我这样说，并不是想表明我比别人强。意思很简单，就是：别人不去，也或者是不愿意去这样做，我（自然也还有别人）适逢其会地常常这样做而已。常常在夏天里，我坐在很矮的小凳上，看墙角里渐渐暗了起来，四周的白墙上也布上了一层淡淡的黑影。在幽暗里，夜来香的花香一阵阵地沁入我的心里。天空里飞着蝙蝠。檐角上的蜘蛛网，映着灰白的天空，在朦胧里，还可以数出网上的线条和粘在上面的蚊子和苍蝇的尸体。在不经意的时候蓦地再一抬头，暗灰的天空里已经嵌上闪着眼的小星了。在冬天，天井里满铺着白雪。我蜷伏在屋里。当我看到白的窗纸渐渐灰了起来，炉子里在白天里看不出颜色来的火焰渐渐红起来、亮起来的时候，我也会知道：这是黄昏了。我从风门的缝里望出去：灰白的天空，灰白的盖着雪的屋顶，半弯惨淡的凉月印在天上，虽然有点儿凄凉，但仍然掩不了黄昏的美丽。这时，连常常坐在天井里等着它来临的人也不得不蜷伏在屋里。只剩了灰蒙的雪色伴了它在冷清的门外，这幻变的朦胧的世界造给谁看呢？黄昏不觉得寂寞吗？

但是寂寞也延长不多久。黄昏仍然要走的。李商隐的诗说："夕阳无限好，只是近黄昏。"诗人不正慨叹黄昏的不能久留吗？它也真的不能久留，一瞬眼，这黄昏，像一个轻梦，只在人们心上一掠，留下黑暗的夜，带着它的寂寞走了。

走了，真的走了。现在再让我问：黄昏走到哪里去了呢？这我不比知道它从哪里来的更清楚。我也不能抓住黄昏的尾巴，问它到底。但是，推想起来，从北方来的应该到南方去的罢。谁说不是到南方去的呢？我看到它怎样走的了——漫过了南墙；漫过了南边那座小山，那片树林；漫过了美丽的南国，一直到辽旷的非洲。非洲有耸峭的峻岭；岭上有深邃的永古苍暗的大森林。再想下去，森林里有老虎——老虎？黄昏来了，在白天里只呈露着淡绿的暗光的眼睛该亮起来了罢。像不像两盏灯呢？森林里还该有莽苍葳蕤的野草，比人高。草里有狮子，有大蚊子，有大蜘蛛，也该有蝙蝠，比平常的蝙蝠大。夕阳的余晖从树叶的稀薄处，透过了架在树枝上的蜘蛛网，漏了进来，一条条灿烂的金光，照耀得全林子里都发着棕红色，合了草底下毒蛇吐出来的毒气，幻成五色绚烂的彩雾。也该有萤火虫吧。现在一闪一闪地亮起来了，也该有花，但似乎不应该是夜来香或晚香玉。是什么呢？是一切毒艳的恶之花。在毒气里，不只应该产生恶之花吗？这花的香慢慢溶入棕红色的空气里，溶入绚烂的彩雾里。搅乱成一团，滚成一团暖烘烘的热气。然而，不久这热气就给微明的夜色消溶了。只剩一闪一闪的萤火虫，现在渐渐地更亮了。老虎的眼睛更像两盏灯了，在静默里瞅着暗灰的天空里才露面的星星。

然而，在这里，黄昏仍然要走的。再走到哪里去呢？这却真的没人知道了——随了淡白的稀疏的冷月的清光爬上暗沉沉的天空里去么？随了眨着眼的小星爬上了天河么？压在蝙蝠的翅膀上钻进了屋檐么？随了西天的晕红消溶在远山的后面么？这又有谁能明白地知道呢？我们知道的，只是：它走了，带了它的寂寞和美丽走了，像一丝微飔，像一个春宵的轻梦。

是了——现在，现在我再有什么可问呢？等候明天么？明天来了，又明天，又明天。当人们看到远处弥漫着白茫茫的烟,树梢上淡淡涂上了一层金黄色,一群群的暮鸦驮着日色飞回来的时候,又仿佛有什么东西压在他们的心头,他们又渴望着梦的来临。把门关上了。关在门外的仍然是黄昏,当他们再伸头出来找的时候,黄昏早已走了。从北冰洋跑了来,一过路,到非洲森林里去了。再到,再到哪里,谁知道呢?然而夜来了,漫漫的漆黑的夜,闪着星光和月光的夜,浮动着暗香的夜……只是夜,长长的夜,夜永远也不完,黄昏呢——黄昏永远不存在在人们的心里的。只一掠,走了,像一个春宵的轻梦。

1934 年 1 月 4 日

清塘荷韵

楼前有清塘数亩,记得三十多年前初搬来时,池塘里好像是有荷花的,我的记忆里还残留着一些绿叶红花的碎影。后来时移事迁,岁月流逝,池塘里却变得"半亩方塘一鉴开,天光云影共徘徊",再也不见什么荷花了。

我脑袋里保留的旧的思想意识颇多,每一次望到空荡荡的池塘,总觉得好像缺点什么。这不符合我的审美观念。有池塘就应当有点绿的东西,哪怕是芦苇呢,也比什么都没有强。最好的最理想的当然是荷花。中国旧的诗文中,描写荷花的简直是太多太多了。周敦颐的《爱莲说》读书人不知道的恐怕是绝无仅有的。他那一句有名的"香远益清"是脍炙人口的。几乎可以说,中国没有人不爱荷花的。可我们楼前池塘中独独缺少荷花。每次看到或想到,总觉得是一块心病。

有人从湖北来,带来了洪湖的几颗莲子,外壳呈黑色,极硬。据说,如果埋在淤泥中,能够千年不烂。因此,我用铁锤在莲子上砸开了一条缝,让莲芽能够破壳而出,不至永远埋在泥中。这都是一些主观的愿望,莲芽能不能够出,都是极大的未知数。反正我总算是尽了人事,把五六颗敲破的莲子投入池塘中,下面就是听天命了。

这样一来,我每天就多了一件工作:到池塘边上去看上几次。心里总是希望，忽然有一天，"小荷才露尖尖角"，有翠绿的莲叶长出水面。可是，事与愿违，投下去的第一年，一直到秋凉落叶，水面上也没有出现什么东西。经过了寂寞的冬天，到了第二年，春水盈塘，绿柳垂丝，一片旖旎的风光。可是，我翘盼的水面上却仍然没有露出什么荷叶。此时我已经完全灰了心，以为那几颗湖北带来的硬壳莲子，由于人力无法解释的原因，大概不会再有长出荷花的希望了。我的目光无法把荷叶从淤泥中吸出。

但是，到了第三年，却忽然出了奇迹。有一天，我忽然发现，在我投莲子的地方长出了几个圆圆的绿叶，虽然颜色极惹人喜爱，但是却细弱单薄，可怜兮兮地平卧在水面上，像水浮莲的叶子一样。而且最初只长出了五六个叶片。我总嫌这有点太少，总希望多长出几片来。于是，我盼星星、盼月亮，天天到池塘边上去观望。有校外的农民来捞水草，我总请求他们手下留情，不要碰断叶片。但是经过了漫漫的长夏，凄清的秋天又降临人间，池塘里浮动的仍然只是孤零零的那五六个叶片。对我来说，这又是一个虽微有希望但究竟仍令人灰心的一年。

真正的奇迹出现在第四年上。严冬一过，池塘里又溢满了春水。到了一般荷花长叶的时候，在去年漂浮着五六个叶片的地方，一夜之间，突然长出了一大片绿叶，而且看来荷花在严冬的冰下并没有停止运动，因为在离开原有五六个叶片的那块基地比较远的池塘中心，也长出了叶片。

|伍| 心装万物，自在独行

叶片扩张的速度，扩张范围的扩大，都是惊人地快。几天之内，池塘内不小一部分，已经全为绿叶所覆盖。而且原来平卧在水面上的像是水浮莲一样的叶片，不知道是从哪里聚集来了力量，有一些竟然跃出了水面，长成了亭亭的荷叶。原来我心中还迟迟疑疑，怕池中长的是水浮莲，而不是真正的荷花。这样一来，我心中的疑云一扫而光：池塘中生长的真正是洪湖莲花的子孙了。我心中狂喜，这几年总算是没有白等。

天地萌生万物，对包括人在内的动植物等有生命的东西，总是赋予一种极其惊人的求生存的力量和极其惊人的扩展蔓延的力量，这种力量大到无法抗御。只要你肯费力来观摩一下，就必然会承认这一点。现在摆在我面前的就是我楼前池塘里的荷花。自从几个勇敢的叶片跃出水面以后，许多叶片接踵而至。一夜之间，就出来了几十枝，而且迅速地扩散、蔓延。不到十几天的工夫，荷叶已经蔓延得遮蔽了半个池塘。从我撒种的地方出发，向东西南北四面扩展。我无法知道，荷花是怎样在深水中淤泥里走动。反正从露出水面的荷叶来看，每天至少要走半尺的距离，才能形成眼前这个局面。

光长荷叶，当然是不能满足的。荷花接踵而至，而且据了解荷花的行家说，我门前池塘里的荷花，同燕园其他池塘里的，都不一样。其他地方的荷花，颜色浅红；而我这里的荷花，不但红色浓，而且花瓣多，每一朵花能开出十六个复瓣，看上去当然就与众不同了。这些红艳耀目的荷花，高高地凌驾于莲叶之上，迎风弄姿，似乎在睥睨一切。幼时读旧诗："毕竟西湖六月中，风光不与四时同。接天莲叶无穷碧，映日荷花别样红。"爱其诗句之美，深恨没有能亲自到杭州西湖去欣赏一番。现在我门前池塘中呈现的就是那一派西湖景象。是我把西湖从杭州搬到燕园里来了。岂不大快人意也哉！前几年才搬到朗润园来的先生赐名为"季荷"。我觉得很有趣，又非常感激。难道我这个人将以荷而传吗？

前年和去年，每当夏月塘荷盛开时，我每天至少有几次徘徊在塘边，坐在石头上，静静地吸吮荷花和荷叶的清香。"蝉噪林愈静，鸟鸣山更幽。"我确实觉得四周静得很。我在一片寂静中，默默地坐在那里，水面上看到的是荷花的绿肥、红肥。倒影映入水中，风乍起，一片莲瓣堕入水中，它从上面向下落，水中的倒影却是从下边向上落，最后一接触到水面，二者合为一，像小船似的漂在那里。我曾在某一本诗话上读到两句诗："池花对影落，沙鸟带声飞。"作者深惜第二句对仗不工。这也难怪，像"池花对影落"这样的境界究竟有几个人能参悟透呢？

晚上，我们一家人也常常坐在塘边石头上纳凉。有一夜，天空中的月亮又明又亮，把一片银光洒在荷花上。我忽听扑通一声。是我的小白波斯猫毛毛扑入水中，她大概是认为水中有白玉盘，想扑上去抓住。她一入水，大概就觉得不对头，连忙矫捷地回到岸上，把月亮的倒影打得支离破碎，好久才恢复了原形。

今年夏天，天气异常闷热，而荷花则开得特欢。绿盖擎天，红花映日，把一个不算小的池塘塞得满而又满，几乎连水面都看不到了。一个喜爱荷花的邻居，天天兴致勃勃地数荷花的朵数。今天告诉我，有四五百朵；明天又告诉我，有六七百朵。但是，我虽然知道他为人细致，却不相信他真能数出确实的朵数。在荷叶底下，石头缝里，旮旮旯旯，不知还隐藏着多少花骨朵儿，都是在岸边难以看到的。粗略估计，今年大概开了将近一千朵。真可以算是洋洋大观了。

连日来，天气突然变寒，好像是一下子从夏天转入秋天。池塘里的荷叶虽然仍然是绿油一片，但是看来变成残荷之日也不会太远了。再过一两个月，池水一结冰，连残荷也将消逝得无影无踪。那时荷花大概会在冰下冬眠，做着春天的梦。它们的梦一定能够圆的。"既然冬天到了，春天还会远吗？"

我为我的"季荷"祝福。

1997 年 9 月 16 日中秋节

听雨（一）

从一大早就下起雨来。下雨，本来不是什么稀罕事儿，但这是春雨，俗话说："春雨贵似油。"而且又在罕见的大旱之中，其珍贵就可想而知了。

"润物细无声"，春雨本来是声音极小极小的，小到了"无"的程度。但是，我现在坐在隔成了一间小房子的阳台上，顶上有块大铁皮。楼上滴下来的檐溜就打在这铁皮上，打出声音来，于是就不"细无声"了。按常理说，我坐在那里，同一种死文字拼命，本来应该需要极静极静的环境，极静极静的心情，才能安下心来，进入角色，来解读这天书般的玩意儿。这种雨敲铁皮的声音应该是极为讨厌的，是必欲去之而后快的。

然而，事实却正相反。我静静地坐在那里，听到头顶上的雨滴声，此时有声胜无声，我心里感到无量的喜悦，仿佛饮了仙露，吸了醍醐，大有飘飘欲仙之慨了。这声音时慢时急，时高时低，时响时沉，时断时续，有时如金声玉振，有时如黄钟大吕，有时如大珠小珠落玉盘，有时如红珊白瑚沉海里，有时如弹素琴，有时如舞霹雳，有时如百鸟争鸣，有时如兔落鹘起，我浮想联翩，不能自已，心花怒放，风生笔底。死文字仿佛活了起来，我也仿佛又溢满了青春活力。我

|伍| 心装万物，自在独行

平生很少有这样的精神境界，更难为外人道也。

在中国，听雨本来是雅人的事。我虽然自认还不是完全的俗人，但能否就算是雅人，却还很难说。我大概是介乎雅俗之间的一种动物吧。中国古代诗词中，关于听雨的作品是颇有一些的。顺便说上一句：外国诗词中似乎少见。我的朋友章用回忆表弟的诗中有："频梦春池添秀句，每闻夜雨忆联床。"是颇有一点儿诗意的。连《红楼梦》中的林妹妹都喜欢李义山的"留得枯荷听雨声"之句。最有名的一首听雨的词当然是宋蒋捷的《虞美人》，词不长，我索性抄它一下：

少年听雨歌楼上，红烛昏罗帐。壮年听雨客舟中，江阔云低，断雁叫西风。

而今听雨僧庐下，鬓已星星也。悲欢离合总无情，一任阶前，点滴到天明。

蒋捷听雨时的心情，是颇为复杂的。他是用听雨这一件事来概括自己的一生的，从少年、壮年一直到老年，达到了"悲欢离合总无情"的境界。但是，古今对老的概念，有相当大的悬殊。他是"鬓已星星也"，有一些白发，看来最老也不过五十岁左右。用今天的眼光看，他不过是介乎中老之间，用我自己比起来，我已经到了望九之年，鬓边早已不是"星星也"，顶上已是"童山濯濯"了。要讲达到"悲欢离合总无情"的境界，我比他有资格。我已经能够"纵浪大化中，不喜亦不惧"了。

可我为什么今天听雨竟也兴高采烈呢？这里面并没有多少雅味，我在这里完全是一个"俗人"。我想到的主要是麦子，是那辽阔原野上的青青的麦苗。我生在乡下，虽然六岁就离开，谈不上干什么农活，但是我拾过麦子，捡过豆子，割过青草，劈过高粱叶。我血管里流的是农民的血，一直到今天垂暮之年，毕生对农民和农村怀着深厚的感情。农民最高希望是多打粮食。天一旱，就威胁着庄稼的成长。即使我长期住在城里，下雨一少，我就望云霓，自谓焦急之情，决不下于农民。北方春天，十年九旱。今年似乎又旱得邪行。我天天听天气预报，时时观察天上的云气。忧心如焚，徒唤奈何。在梦中也看到的是细雨蒙蒙。

今天早晨，我的梦竟实现了。我坐在这长宽不过几尺的阳台上，听到头顶上的雨声，不禁神驰千里，心旷神怡。在大大小小高高低低，有的方正有的歪斜的麦田里，每一个叶片都仿佛张开了小嘴，尽情地吮吸着甜甜的雨滴，有如天降甘露，本来有点黄萎的，现在变青了；本来是青的，现在更青了。宇宙间凭空添了一片温馨，一片祥和。

我的心又收了回来，收回到了燕园，收回到了我楼旁的小山上，收回到了门前的荷塘内。我最爱的二月兰正在开着花。它们拼命从泥土中挣扎出来，顶住了干旱，无可奈何地开出了红色的、白色的小花，颜色如故，而鲜亮无踪，看了给人以孤苦伶仃的感觉。在荷塘中，冬眠刚醒的荷花，正准备力量向水面冲击。水当然是不缺的。但是，细雨滴在水面上，画成了一个个的小圆圈，方逝方生，方生方逝。这本来是人类中的诗人所欣赏的东西，小荷花看了也高兴起来，劲头更大了，肯定会很快地钻出水面。

　　我的心又收近了一层，收到了这个阳台上，收到了自己的腔子里，头顶上叮当如故，我的心情怡悦有加。但我时时担心，它会突然停下来。我潜心默祷，祝愿雨声长久响下去，响下去，永远也不停。

1995年4月13日

春归燕园

凌晨,在熹微的晨光中,我走到大图书馆前草坪附近去散步。我看到许多男女大孩子,有的耳朵上戴着耳机,手里拿着收音机和一本什么书;有的只在手里拿着一本书,都是凝神潜虑,目不斜视,嘴里喃喃地朗诵什么外语。初升的太阳在长满黄叶的银杏树顶上抹上了一缕淡红。我们这些早晨八九点钟的太阳,面对着那一轮真正的太阳。我只感觉到满眼金光,却分不清这金光究竟是从哪里来的了。

黄昏时分,在夕阳的残照中,我又走到大图书馆前草坪附近去散步。我看到的仍然是那一些男女大孩子。他们仍然戴着耳机,手里拿着收音机和书,嘴里喃喃地跟着念。夕阳的余晖从另外一个方向在银杏树顶上的黄叶上抹上了一缕淡红。此时,我们这些早晨八九点钟的太阳,同西山落日比起来,反而显得光芒万丈。

眼前的情景对我是多么熟悉然而又是多么陌生啊!

十多年以前,我曾在这风景如画的燕园里看到过类似的情景。当时我曾满怀激情地歌颂过春满燕园。虽然时序已经是春末夏初时节,但是在我的感觉中却仍然是三春盛时,繁花似锦。我曾幻想把这春天永远留在燕园内,"留得春光过四时",让它成为一个永恒的春天。

然而我的幻想却落了空。跟着来的不是永恒的春天，而是三九严冬的天气。虽然大自然仍然岿然不动，星换斗移，每年一度，在冬天之后一定来一个春天，燕园仍然是一年一度百花争妍，万紫千红。然而对我们住在燕园里的人来说，却是"镇日寻春不见春"，宛如处在一片荒漠之中。不但没有什么永恒的春天，连刹那间春天的感觉也消逝得无影无踪了。当时我唯一的慰藉就是英国浪漫诗人雪莱的两句诗："既然冬天到了，春天还会远吗？"我坚决相信，春天还会来临的。

雪莱的话终于应验了，春天终于来临了。美丽的燕园又焕发出青春的光辉。我在这里终于又听到了琅琅的书声。而且在这琅琅的书声中我还听到了十多年前没有听到的东西，听到了一些崭新的东西。在这平凡的书声中我听到的难道不就是千军万马向四个现代化进军的脚步声吗？我听到的难道不就是向科学技术高峰艰苦而又乐观的攀登声吗？我听到的难道不就是那美好的理想的社会向前行进的开路声吗？我听到的难道不就是我们的青年一代内心深处的声音吗？不就是春天的声音吗？

眼前，就物候来说，不但已经不是春天，而且也已经不是夏天；眼前是西风劲吹、落叶辞树的深秋天气。"悲哉秋之为气也"，眼前是古代诗人高呼"悲哉"的时候。然而在这春之声大合唱中，在我们燕园里大图书馆前的草坪上，在黄叶丛中，在红树枝下，我看到的却是阳春艳景，姹紫嫣红。这些男女大孩子一下子就成了巨大的花朵，一霎时开满了校园。

连黄叶树顶上似乎也开出了碗口大的山茶花和木棉花。红红的一片,把碧空都映得通红。至于那些"霜叶红于二月花"的霜叶,真的变成了红艳的鲜花。整个的燕园变成了一座花山,一片花海。

春天又回到燕园来了啊!

而且这个春天还不限于燕园,也不限于北京,不限于中国。它伸向四海,通向五洲,弥漫全球,辉映大千。我站在这个小小的燕园里,仿佛能与全世界呼吸相通。我仿佛能够看到富士山的雪峰,听到恒河里的涛声,闻到牛津的花香,摸到纽约的摩天高楼。书声动大地,春色满寰中。这一个无所不在的春天把我们联到一起来了。它还将不是一个短暂的春天。它将存在于繁花绽开的枝头,它将存在于映日接天的荷花上,它将存在于辽阔的万里霜天,它将存在于千里冰封、万里雪飘的严冬。一年四季,季季皆春。它是比春天更加春天的春天。它的踪迹将印在湖光塔影里,印在每一个人的心中。它将是一个真正的永恒的春天。

1979 年 1 月 1 日

晨　趣

一抬头，眼前一片金光：朝阳正跳跃在书架顶上玻璃盒内日本玩偶藤娘身上，一身和服，花团锦簇，手里拿着淡紫色的藤萝花，都熠熠发光，而且闪烁不定。

我开始工作的时候，窗外暗夜正在向前走动。不知怎样一来，暗夜已逝，旭日东升。这阳光是从哪里流进来的呢？窗外一棵高大的梧桐树，枝叶繁茂，仿佛张开了一张绿色的网。再远一点儿，在湖边上是成排的垂柳。所有这一些都不利于阳光的穿透。然而阳光确实流进来了，就留在藤娘身上……

然而，一转瞬间，阳光忽然又不见了，藤娘身上，一片阴影。窗外，在梧桐树和垂柳的缝隙里，一块块蓝色的天空，成群的鸽子正盘旋飞翔在这样的天空里，黑影在蔚蓝上面划上了弧线。鸽影落在湖中，清晰可见，好像比天空里的更富有神韵，宛如镜花水月。

朝阳越升越高，透过浓密的枝叶，一直照到我的头上。我心中一动，阳光好像有了生命，它启迪着什么，它暗示着什么。我忽然想到印度大诗人泰戈尔，每天早上对着初升的太阳，静坐沉思，幻想与天地同体，与宇宙合一。我从来没达到这样的境界，我没有这一份福气。可是我也感到太阳的威力,心中思绪翻腾,仿佛也能洞察三界,透视万物了。

现在我正处在每天工作的第二阶段的开头上。紧张地工作了一个阶段以后,我现在想缓松一下,心里有了余裕,能够抬一抬头,向四周,特别是窗外观察一下。窗外风光如旧,但是四季不同:春花,秋月,夏雨,冬雪,情趣各异,动人则一。现在正是夏季,浓绿扑人眉宇,鸽影在天,湖光如镜。多少年来,当然都是这样个样子。为什么过去我竟视而不见呢?今天,藤娘身上一点闪光,仿佛照透了我的心,让我抬起头来,以崭新的眼光来衡量一切,眼前的东西既熟悉,又陌生,我仿佛搬到了一个新的地方,把我好奇的童心一下子都引逗起来了。我注视着藤娘,我的心却飞越茫茫大海,飞到了日本,怀念起赠送给我藤娘的室伏千津子夫人和室伏佑厚先生一家来。真挚的友情温暖着我的心……

窗外太阳升得更高了。梧桐树椭圆的叶子和垂柳的尖长的叶子,交织在一起,椭圆与细长相映成趣。最上一层阳光照在上面,一片嫩黄;下一层则处在背阴处,一片黑绿。远处的塔影,屹立不动。天空里的鸽影仍然在划着或长或短、或远或近的弧线。再把眼光收回来,则看到里面窗台上摆着的几盆君子兰,深绿肥大的叶子。给我心中增添了绿色的力量。

多么可爱的清晨,多么宁静的清晨!

此时我怡然自得,其乐陶陶。我真觉得,人生毕竟是非常可爱的,大地毕竟是非常可爱的。我有点不知老之已至了。

【伍】 心装万物,自在独行

我这个从来不写诗的人心中似乎也有了一点儿诗意。

　　此身合是诗人未?
　　鸽影湖光入目明。

　　我好像真正成为一个诗人了。

1988 年 10 月 13 日晨

两行写在泥土地上的字

夜里有雷阵雨，转瞬即停。"薄云疏雨不成泥"，门外荷塘岸边，绿草坪畔，没有积水，也没有成泥，土地只是湿漉漉的。一切同平常一样，没有什么特异之处。

我早晨出门，想到外面呼吸点新鲜空气，这也同平常一样，并没有什么特异之处。然而，我的眼睛一亮，蓦地瞥见塘边泥土地上有一行用树枝写成的字：

季老好　98级日语

回头在临窗玉兰花前的泥土地上也有一行字：

来访　98级日语

我一时懵然，莫名其妙。还不到一瞬间，我恍然大悟：98级是今年的新生。今天上午，全校召开迎新大会；下午，东方学系召开迎新大会。在两大盛会之前，这一群（我不知道准确数目）从未谋面的十七八九岁男女大孩子们，先到我家来，带给我无法用言语形容的这一番深情厚谊。但他们恐怕是怕打扰我，便想出了这一个惊人的匪夷所思的办法，用

|伍| 心装万物，自在独行

树枝把他们的深情写在了泥土地上。他们估计我会看到的，便悄然离开了我的家门。

我果然看到他们留下的字了。我现在已经望九之年，我走过的桥比这一帮大孩子走过的路还要长，我吃过的盐比他们吃过的面还要多，自谓已经达到了"悲欢离合总无情"的境界。然而，今天，我一看到这两行写在泥土地上的字，我却真正动了感情，眼泪一下子涌出了眼眶，双双落到了泥土地上。

我是一个平凡的人，生平靠自己那一点勤奋，做出了一点微不足道成绩。对此我并没有多大信心。独独对于青年，我却有自己一套看法。我认为，我们中年人或老年人，不应当一过了青年阶段，就忘记了自己当年穿开裆裤的样子，好像自己一下生就老成持重，对青年总是横挑鼻子竖挑眼。我们应当努力理解青年，同情青年，帮助青年，爱护青年。不能要求他们总是四平八稳，总是温良恭俭让。我相信，中国青年都是爱国的，爱真理的。即使有什么"逾矩"的地方，也只能耐心加以劝说，惩罚是万不得已而为之的。一个国家，一个民族，如果对自己的青年失掉了信心，那它就失掉了希望，失掉了前途。我常常这样想，也努力这样做。在风和日丽时是这样，在阴霾蔽天时也是这样。这要不要冒一点风险呢？要的。但我人微言轻，人小力薄，除了手中的一支圆珠笔以外，就只有嘴里那三寸不烂之舌，除了这样做以外，也没有别的办法。

大概就由于这些情况，再加上我的一些所谓文章，时常出现在报纸杂志上，有的甚至被选入中学教科书，于是普天下青年男女颇有知道我的姓名的。青年们容易轻信，他们认为报纸杂志上所说的都是真实的，就轻易对我产生了一种好感，一种情意。我现在几乎每天都能收到全国各地，甚至穷乡僻壤、边远地区青年们的来信，大中小学生都有。他们大概认为我无所不能，无所不通，而又颇为值得信赖，向我提出各种各样的问题，有的简直石破天惊，有的向我倾诉衷情。

我想，有的事情他们对自己的父母也未必肯讲的，比如想轻生自杀之类，他们却肯对我讲。我读到这些书信，感动不已。我已经到了风烛残年，对人生看得透而又透，只等造化小儿给我的生命划上句号。然而这些素昧平生的男女大孩子的信，却给我重新注入了生命的活力。苏东坡的词说："谁道人生无再少？门前流水尚能西。休将白发唱黄鸡。"我确实有"再少"之感了。这一切我都要感谢这些男女大孩子们。

东方学系98级日语专业的新生，一定就属于我在这里所说的男女大孩子们。他（她）们在五湖四海的什么中学里，读过我写的什么文章，听到过关于我的一些传闻，脑海里留下了我的影子。所以，一进燕园，赶在开学之前，就迫不及待地把自己那一份情意，用他们自己发明出来的也许从来还没有被别人使用过的方式，送到了我的家门来，惊出了我的两行老泪。我连他们的身影都没有看到，我看到的只是清塘里面的荷叶。此时虽已是初秋，却依然绿叶擎天，水影映日，满塘一片浓绿。回头看到窗前那一棵玉兰，也是翠叶满枝，一片浓绿。绿是生命的颜色，绿是青春的颜色，绿是希望的颜色，绿是活力的颜色。这一群男女大孩子正处在平常人们所说的绿色年华中，荷叶和玉兰所象征的正是他们。我想，他们一定已经看到了绿色的荷叶和绿色的玉兰。他们的影子一定已经倒映在荷塘的清水中。虽然是转瞬即逝，连他们自己也未必注意到。可他们与这一片浓绿真可以说是相得益彰，溢满了活力，充满了希望，将来左右这个世界的，决定人类前途的正是这一群年轻的男女大孩子。他们真正让我"再少"，他们在这方面的力量决不亚于我在上面提到的那些全国各地青年的来信。我虔心默祷——虽然我并不相信——造物主能从我眼前的八十七岁中抹掉七十年，把我变成一个十七的少年，使我同他们一起学习，一起娱乐，共同分享普天下的凉热。

1998 年 9 月 25 日